盤上に死を描く

井上ねこ

宝島社
文庫

宝島社

[目次]

盤上に死を描く

第一部　作図

1　素材

平成十二年　九月八日（金）植田ツネ（71）無職

植田ツネは可燃ゴミを入れた袋を片手に集積場所に向かった。

朝六時前。陽は昇り、もう九月だというのに、今日も暑くなりそうな熱気をアスファルトから感じる。

ツネは古いアパートで長らく一人暮らしをしている。七十歳を過ぎているが、足腰はしっかりとしていた。最近は左耳が遠くなったが、生活に不自由するほどではない。

集積場にはゴミ袋が二つ、放り出したように置かれていた。深夜に誰かが出したのだろう。

ツネは自分のゴミ袋を横に置き、二つのゴミ袋をきれいに揃えた。几帳面な性格なので、乱雑に置かれていると気になるのだ。

名古屋市では最近、ゴミの分別が細かく指定されている。

分別当初は間違える人間が多かったが、一ヶ月経ってゴミの出し方が浸透しつつあった。

家に戻ったツネは首をかしげた。玄関の三和土（たたき）に出してある靴の並びが曲がっている。

靴を並べ直しながら部屋の様子を探ると、誰かが訪ねてきたような気配があり、出かける前とは部屋の空気が違っているように感じる。

ゴミ出しに出かけるときにいちいち鍵を掛けたりはしない。回覧板でも回ってきたのかと、ドア付近を眺め回した。

空き巣かなと不安になり胸に手をやったが、こんな貧乏な婆さんのところに入るわけもないと思い直す。

玄関の鍵を閉めてから、かけっぱなしにしているラジオの前に座った。テレビのニュースが始まるまでは、ラジオのおしゃべりを聴くのがツネの楽しみになっている。

ラジオは音楽に切り替わり、『モーニング娘。』の新曲『I WISH』が流れ始めた。

なんとか娘ではなく歌謡曲でもかけてくれればいいのにと、思わず愚痴が出る。

背後で物音がした。振り返ろうとした瞬間、首に何かが巻き付くのを感じた。それ

は急速に首を締め上げ、ツネが手をやったときにはすでにどうしようもなくなってい
た。
　どうして私がこんな目にと思いながら、ツネはそのわけを知ることもなく生涯を終
えた。

※

　殺人者はしばらく息を潜めるようにして、あたりの様子をうかがった。ツネが完全
に死んだことを確かめるために、小さな手鏡を出して鼻と口に当て、曇らないことを
確認した。以前見たテレビドラマでそんなことをやっていたのを覚えていたからだ。
それから、将棋の駒を二枚取り出して、一枚をツネの手に握らせる。あと一枚はス
ラックスのポケットに入れた。
　ツネの首に巻き付いた絞殺具をゆっくりと外す。それをポケットにしまった。
　玄関に近づき、外廊下の様子を見ながら、聞き耳を立てる。
　朝の六時だ。誰も起きてはいないだろう。部屋を出ようとしてから、ラジオが鳴っ
ていることに気がついた。
　消すべきだろうか、それともそのまま鳴らしっぱなしにするべきか。

いつもかけているのだろうから、そのままにしておいたほうがいいだろうと判断した。

静かにドアを閉め、このアパートの住民のようにさりげなく歩く。

誰にも会わずに、大きな通りに出た。

駅の駐輪場に駐めておいた自転車をひき出してから、ペダルを踏み込んだ。

ポケットに入れた凶器を手のひらで確かめるように触ってから、これを処分すること、と心の中にメモをした。

絞殺具は子供用に作られたビニール製の縄跳びだ。それを使いやすいように短くした。両側に取っ手が付いているから、締めるには使い勝手がよい。

殺害した人間のことは特に気にならなかった。あれはこれから創る壮大な作品の一部にすぎない。

そんなことよりも、二年間待ち望んでいた、この日が来たことが嬉しかった。

自転車をこぎながら、鼻歌が出たほどだ。

殺人者の姿はいつしか、朝の通勤風景に紛れ込んでいった。

※

水科優毅は遅い昼食を取るために地下鉄上前津駅で降りると、大津通を渡った。九月九日土曜の今日は、珍しく休日だった。建前は土日休みなのだが、仕事柄まともに休んだことはない。

応援で捜査に関わった「名古屋中学生５０００万円恐喝事件」は先ごろ少年たちの処分が決まった。水科は事件のことを思い出しながら、暗い気持ちになる。少年犯罪はどんなものでも後味が悪い。

愛知県警捜査一課に所属する水科は三十歳の独身女性だ。

名古屋市内の大学を卒業後、愛知県警に採用され最近巡査部長になったばかり。女性にしては背が高くショートカットの髪だからかよく男性に間違われる。

久しぶりに事件から解放された水科は自由な時間を持てたことが嬉しくて仕方がない。足取りも軽い。

そこで、長らく行っていなかった上前津の古本屋をひやかしてみようと思いついた。駅からすぐの大須商店街は昔、大須観音を参拝する老人で賑わっていたのだが、アメ横や古着屋が出来てからは、若者の街へと変貌している。

東京の古書街が神保町ならば、名古屋の古書街は上前津から鶴舞にかけての大須通だろう。

特に上前津と鶴舞の二つの交差点周辺に古本屋が集中している。

水科は学生時代からここに来ている。金はないけどヒマはあるという学生にはもってこいの場所だった。

この古本屋街を歩くと故郷に帰ってきたような懐かしさすら感じる。

体育学部が有名な大学を出たことや長身ということもあって、体育系と思われがちな水科だが、本を読むのが好きなのである。

アメ横にあるスガキヤで「肉入りラーメン」を頼んだ。ここは名古屋ではどこにでもあるラーメンチェーン店である。安くて手っ取り早く食べられるので利用することが多い。今日も学生や若者で賑わっている。

食べ終わり、店を出たが、なにか物足りなかった。クリームぜんざいもつければよかったと後悔した。

大通りに出るのをやめ、商店街へと戻る。

通りの突き当たりに安いお好み焼き屋がある。一枚百円のお好み焼きを紙に包んでもらい、歩きながら食べた。

貧乏性の水科は安いものに目がない。若い女性らしくないとは思うが、刑事になってからはそんなことも気にならなくなった。

まず東海銀行の隣にある古本屋に入った。入り口に均一本が大量に並べられている。ここは庶民的な店で均一本に掘り出し物が多い。

水科は均一本の棚を隅から隅までなめるように眺め回した。

探しているのはホラー・SF・ミステリなどの肩のこらない小説である。F・W・クロフツのハヤカワ・ミステリ文庫版があった。これはかなり貴重だ。

職業柄からか、先輩や同僚にはミステリをウソくさいものだとバカにする人間もいるが、水科は違った。なにしろ小学生の頃から、ルパンやホームズに親しんできたのだ。ミステリはミステリ、刑事の仕事とは違うもので、フィクションとして愉しんでいる。

明日は一日のんびりと読書をして過ごせることを考えると、水科は思わず頬が緩むのを感じた。レジに座っていたのは愛想の良い中年女性だった。

「ありがとうございます」という言葉に、心の中で「こちらこそ」と上機嫌で呟いたにやけた表情でレジを済ませて店を出る。

次に交差点を渡り、向かい側にある古本屋に向かった。

ここはミステリ関係の本が充実しているが、それなりの値段で、気安く買えるわけではない。それでも本の背表紙を見ているだけで楽しい。

まずは店外にある平台に並べられた均一本からだ。ここでレアなものを見つけることはあまりない。だから、肩の力を抜いて気楽に眺めた。

水科は端のほうに詰め込まれている冊子を見つけると体を硬くした。

あわてて冊子をまとめて台から引き抜くと、表紙を眺めた。信じられない気持ちだった。冊子は将棋雑誌の付録だったからだ。それも稀少な詰将棋書ばかりだ。こうした付録はものにもよるがマニアには人気が高い。これがたったの三冊百円なのである。とにかくあるだけかき集めた。

すぐにでもレジを済ませて、これを自分のものにしないと。あせる気持ちで店内に入り、奥にあるレジに向かおうとしたが、長年の習慣で本棚に目が向いた。

入り口付近に珍しいものを見つけた。全日本詰将棋連盟から出ている『大道棋双玉集』などのめったに出ない詰将棋関係の本が並べてある。

手に取って値段を見ると、かなり安い。神保町の棋書専門店からしたら、大甘の値付けだ。たぶん、価値がわからないままに値段を付けたに違いない。

本の体裁は粗末なもので、著者もプロ棋士ではなく素人だから、自費出版と判断したのだろう。

出来るなら、ここにあるものを全部買い占めたいぐらいだったが、所有しているものが結構あったのと、状態が悪いものも混じっている。

じっくりと眺めると、本棚の隙間と残っている本の傾向からして相当数の本が抜かれていると水科は感じた。誰かコレクターが買い占めていったのではないか。

時間をかけて二上達也（ふたかみたつや）著『将棋魔法陣』などの詰将棋本を選び出した。

他にも『詰トピア』のバックナンバーなどもあったが、興味はないのでやめておく。

レジに持っていくと、本を読んでいた店主が水科の顔を見上げた。

「すいません、詰将棋の本がずいぶんと入荷していますけど、もうあそこにあるだけですか」

水科はそう言って本棚を指さした。

「あれですか。昨日来たお客がほとんど買っていったので、そこにあるだけですわ」

中年の男性店主は見かけに似合わない甲高い声で言った。

「ということはずいぶんとあったんですか」

「紙袋三つ分はありました。ああいう本ってずいぶんと人気があるんですね。すぐに売れるから、専門店の目録を調べたら、びっくりしましたよ。うちは甘い値付けをして、失敗したなと後悔しているんですが、今から付け直すのも笑われそうで」

「専門店というのは遊棋書店のことですよね。あそこはちょっと高すぎるとは思いますけど。がっかりだな。それで買った人はどんな人なんです」

気落ちしている水科に同情したのか、店主は優しい口調で言った。

「白髪頭をした初老の男性でしたよ。雑誌ならまだたくさんありますから、どうですか」

「あれは、ちょっと集めていないんですよね」

「そうですか、それであの人も買っていかなかったのかな」

「たぶん雑誌を定期購読しているんですよ。それに、あまり古い号はなかったし」

水科の言葉に、店主は、なるほどというようにうなずいた。

そういえば、と思いつく。名古屋に詰将棋本の著名なコレクターがいた。存命ならかなりの年齢になっているだろう。

そのコレクターが亡くなって、遺族がこの店に一括して処分したのに違いない。

なにか、コレクターの末路を見たような気がして、いやな気分になる。

人生の大部分を収集に費やしても、誰かがそれを継ぐわけでもなく、自分が死ねばそれはバラバラになって、別のコレクターの手に渡る。

誰かの手に収まればまだいいが、そのままゴミのように捨てられることもあるだろう。

相場よりも格安に本を手に入れた喜びが、次第に消えていった。

気を取り直して、他の古本屋を回ることにした。

上前津から鶴舞まで八軒の古本屋を覗いて、ポケミス三冊と、文庫本二冊を手に入れた。

歩き回ったら小腹が空いてきた。どこかでなにか食べようかと水科が思案していたとき、携帯電話が鳴った。

携帯電話の鳴り方に不吉なものを感じる。もちろん鳴り方でそんなことがわかるはずもないのだが、何故かよくない電話だと水科は直感した。

話を終えた水科は、ジャケットを着てきてよかったと思った。いつ呼び出されるかわからないので、休日とはいえ現場に行ける格好をして出てきたのである。


鑑識が一段落するのを待って、水科は部屋の中を覗いた。

小ぎれいに整頓された部屋は、居住者の性格を反映しているようだった。

中央にはコタツ兼用のテーブルが置かれている。二十インチくらいのテレビは電源が入っていない。そのかわりラジオが鳴っていて、ラジオキャスターの笑い声が聞こえてきた。楽しそうな会話はさすがにこの部屋にはふさわしくない。

カラーボックスには健康法などの実用書に混ざって、コンパクトな画集が五冊、水彩画入門という本もある。

番号の付けられた証拠マーカーが置いてなければ、住み心地の良さそうなアパートの一室だ。

水科のそんな思いは室内にいた村田(むらた)係長の一声で破られた。

「おミズ、おまえは近所の地取りに回ってくれ」

おミズというのは水科の愛称だ。上司はおミズ、同僚はミズと呼んでいる。

被害者は植田ツネ、七十歳を過ぎた老女だ。

検視官によると、発見時にはすでに死後硬直が解け始めていたことから、死後三十時間以上は経っているらしい。眼球角膜の混濁が非常に強いこともそれを裏付けている。

死亡推定時間は昨日の朝五時から七時。

そんな情報をもらって、水科は一人で、聞き込みに回った。刑事はペアを組むのが普通だが、初動捜査ではまだ割り当てが出来ていないから、とりあえず一人で現場周辺の聞き込みに向かった。


九月十日の朝八時。水科は捜査本部が置かれた講堂に入った。

特捜本部の事件名は戒名と呼ばれ、「丸山アパート老女殺人事件捜査本部」と出入り口に貼り出されている。

広い会議室に所轄と愛知県警本部から三十人ほどの捜査員が集められていた。

県警本部から港南（こうなん）署に派遣されてきた水科は会議室に並べられた椅子に腰掛けて、ルーズリーフ式の手帳を取り出した。支給されたものとは別に自分で買ったものだ。

会議が始まる前のざわついた雰囲気に身が引き締まるような気持ちになる。

今度の事件はおおよそのことを聞いているだけだが、すんなりと解決しそうにない、そんな予感がある。物は盗られていないし、恨みを買いそうなお婆さんでもなさそうだ。年齢からして愛情のもつれということもないだろう。犯人にいったいどんな動機があったというのだろうか。

水科のそんな思いは、近くで起きた笑い声とひそひそ話で邪魔された。

見覚えのある捜査員が、チラチラと後ろの席に視線を向けては、忍び笑いをしている。

気になった水科は、なにかあったのかと振り向いた。

後列の端に一人だけ、会議室から浮いている中年男がいた。

地味なスーツ姿なのに、やたらと目立つのである。彼は、端正な横顔に物憂げな表情を浮かべて、なにか考え込んでいる。

水科は彼が誰なのか思い出した。佐田啓介巡査部長である。以前港南署に配属されていた頃、噂をよく聞かされたものだ。確か生活安全部保安課にいたはずだが、と思った。人手が足りなくて、かり出されてきたのだろう。

それにしても、この場にふさわしくない男だ。中年女性相手のホストクラブにでもいるほうがよほど似合っている。

急に室内は静まりかえり、緊張感がみなぎった。

捜査一課課長の森下が周りを見渡してから「そろそろ始めます」とよく通る声で言

った。

資料を手にした捜査員が説明をする。

「被害者の名前は植田ツネ、年齢七十一歳、無職、犯行場所は南区城下町二丁目××番、丸山アパート２０１号室。ここには七年前から住んでいます。

死因は扼頸窒息。絞殺による窒息死で頸部に致命傷となる索条痕あり、なお吉川線があります。死亡推定時刻は九月八日、金曜日の朝五時から七時頃。胃の内容物は全て消化されており、残尿もほとんどなし、朝起きてまもなく殺害されたものと思われます。

被害者の手のひらの中と、スラックスのポケットから、将棋の駒が見つかっています。手のひらには『歩』、ポケットからは『銀』の駒、いずれもプラ駒と呼ばれているクリーム色のプラスチック製の将棋駒。『歩』の駒には被害者本人の指紋を検出、『銀』の駒からは指紋は検出されませんでした。

なお、被害者には将棋をやる趣味はなかったようで、部屋からは将棋関係のものはいっさい発見されませんでした。外部からもたらされた、あるいは犯人がなんらかの目的で置いていったと思われます」

将棋駒の話が出ると、驚きの声が上がり場内はざわついた。

「将棋といえばトクさん、どう思う？」

森下に名指しされたトクさんこと徳山警部補は趣味が将棋という五十歳。署内で行われた将棋大会で入賞したこともある。

徳山は日焼けした顔を引き締めてから答えた。

「あの駒は、将棋の大会にもよく使われるどこにでもあるような安いものですな。うちでも宿直室に同じようなヤツが置いてありますよ。安いもので六百円くらいですかね。黄楊の彫り駒みたいな何万円もするようなものだったら、ブツの割り出しに苦労しないんですけど。わざわざ置いていったのだとしたら、どんな意味があるんだか、ちょっとわからんわな」

森下はうなずくと、次をうながした。

「発見者は被害者の近くに住む、村上昌子、年齢六十九歳、無職。九月九日、土曜日の午後三時頃、公民館で行われる水彩画のサークルに被害者が出てこなかったので、病気でもしているのかとアパートを訪ねたところ、鍵は掛かっていなかった。ラジオが鳴っているにもかかわらず返事がないので、そのまま室内に入ると、テーブルに突っ伏して死んでいる被害者を発見。すぐに外に出て通行人に携帯で110番通報をしてもらったとのこと。通報時刻は三時十五分となっております。

現場の状況ですが、部屋は荒らされておらず、タンスの中には通帳、仏壇からは印鑑類が見つかっています。財布はバッグの中に入っており、中身は現金一万二千円、キャッシュカード、各種ポイントカードなど。発見者によると室内から物がなくなっているような様子はないとのこと。それと犯行当時、争うような物音を聞いたアパートの住人や、不審者を見かけた者はいまのところはおりません」

「では、被害者本人についてわかったことを報告してもらおう」

別の捜査員が立ち上がると、報告を始めた。

「被害者植田ツネは一人暮らしで、年金で細々と暮らしを立てていたらしく、質素な生活ぶりだったようです。生命保険の証書なども見つかっておりません。子供たちとは疎遠で、趣味は老人会のサークル活動。性格は明るく、少し几帳面なところがあったものの、近所とのトラブルもなく、誰かに恨まれるようなことはなかったと、大家や老人会の仲間たちが口を揃えて言っております。聞き込んだ範囲では、どうして殺されなければいけなかったのかと、皆不思議がっておりました」

ひな壇に座っていた管理官が少し考えるようなしぐさをしたあと、口を開いた。

「七十の老女とはいえ、男女間の問題とかはなかったのかね。最近は老人同士の愛情のもつれとかも多いことだしな」

「それについては、あまり深く聞きませんでしたが、どうやら被害者は同性からは好かれても、男性からはあまり注目をあびるタイプではなかったようです。性格がさっぱりしていて、色気とは縁がないようでした」

講堂に重苦しい空気が漂い始めた。

「なにか質問は？」

森下が雰囲気を変えるためなのかそう尋ねると、先ほどの捜査員が挙手してから、口を開いた。

「先ほど、被害者が几帳面な性格だと言いましたが、以前にゴミ出しの問題で自治会に苦情を持ち込み、回覧板にそのことが掲載されたという話がありました。皆さんもご存じのように名古屋では八月からゴミの分別が細かくなって、私などはいまだに出し方がわからないくらいですが、どうやら被害者はでたらめにゴミを出している人間が気に入らなかったようです。しかし、誰かに面と向かって文句を言ったわけでもなく、それがトラブルといえるかどうかはわからないのですが」

「そんな些細なことでも、最近は殺す動機になるような時代だからな、皆も先入観を持たずに、知人・友人・被害者方出入り者に対して徹底して捜査してほしい」

それを合図に捜査会議は終わり、今後の捜査方針が管理官から周知徹底された。

捜査は「地取り（じどり）」「鑑取り（かんどり）」「証拠品分析」などの分担がある。

目撃者など付近に聞き込みに回るのが「地取り」、人間関係や生活に関する情報を聞き込むのが「鑑取り」である。

普通聞き込みは、本庁と所轄の刑事がペアを組んで行う。地元の地理や人間に詳しい所轄が案内をしないと、いくら本庁の刑事とはいえ一人では無理がある。

水科は、所轄の佐田啓介とペアを組んで「地取り」に回ることになった。聞き取りをする範囲が資料に書いてあって、水科ペアは災害現場の北側にある住宅街が割り当てられた。

どうしてあのホストまがいの男と組まされるのかという疑問が湧いた。ひょっとすると捜査本部では水科優毅という名前のために自分が男だと誤解されているのか。とはいえ、そんなことを尋ねるわけにもいかない。

佐田は、出入り口から少し離れた、皆の邪魔にならない場所にひっそりと佇んでいた。

なにか声をかけるのをためらう気持ちもあったが、ため息を一つ心の中でついてから、水科は佐田に挨拶をした。

佐田は初めて遊びに誘われた少年のようにはにかんだ笑みを浮かべた。

水科と佐田は並んで歩き出した。

署から出ると、外は青空が広がっている。今日も暑くなりそうだった。

名古屋というところは道路が広く、自動車のためにあるような街だ。その中でも若宮大通の百メートル道路はかなり有名だ。なにしろ広すぎて、横断するのに、信号一回で渡りきれないほどなのである。

水科と佐田は徒歩で聞き込み現場まで向かった。緊急でもない限り、数少ない警察車両は使えない。それに市内ならば電車・地下鉄・市バスと交通網は揃っている。幹線道路の歩道は二人並んでも邪魔にならないほど広い。それでも水科は佐田のすぐ後ろについて歩いた。

「どうしてあんな罪のないお婆さんが殺されたんでしょうかね？　水科さんはどう思われます」

佐田は、小首をかしげるようにして言った。話しかけられた相手の胸に響くような、いい声だ。

「物盗りというわけでもなさそうだし、かといって色恋沙汰ということは考えられないし。わかってみれば案外とつまらないことからだった。なんてことだと思いますよ」

そうは言ったが、水科はこの事件はどこか、普通ではないものがありそうだなと感じていた。人を殺す動機は金銭、愛情のもつれ、その二つが多くを占めている。いわゆる色と欲だ。

佐田は義憤にかられたのか、口調に嫌悪感が表れていた。口元も少し歪んでいる。

噂とは違って、仕事熱心な正義感にあふれた人じゃないか、と水科は思った。

「佐田さんのほうが先輩なんですから、私のことは水科と呼び捨てるか、みんなのようにおミズとでも呼んでください」

「えっ、いいの。じゃ、ミズさんとでも呼ばせてもらうかな。なんだか、春のせせらぎのような愛称だよね」

そう言うと、佐田は手帳を取り出して、歩きながらなにかをメモし始める。

事件のことでなにか思いついたのかと思ったが、佐田の子供のようなまぶしい笑顔を見て、どうやら個人的なことらしいと気がついた。余計な詮索はしないほうがよさそうだ。

彼が手帳をしまった頃を見計らって、水科は声をかけた。

「現場を通って、聞き込みに回りましょうよ」

「そうだね。近道をしていこうか」

佐田は、そう言って狭い路地に入っていった。

さすがは所轄の刑事だなと思いながら、水科はその後をついていく。

現場の丸山アパートは狭い路地の突き当たりに建っていた。築三十年以上は経っているだろう木造の二階建てだった。事件のあった部屋のあたりは青いビニールシートで目隠しがされている。地域課の制服警官が見張りに立っていた。

水科は立ち止まり、あたりを見回した。

こんな狭いところだと、自動車を路上に駐めておくのは無理だろう。

犯行時刻は朝の五時から七時までだ。犯人はどうやってここまでやって来たのか。

徒歩かそれとも自転車か。

「こんな狭い路地だと、自動車はどこに駐めるんでしょうか」

「それだったら、すぐ近くにちょっと広い道路があって、夜間になるとそこに近所の人たちは路上駐車しているようだね。たまに地域課に苦情が寄せられることがあるんだ」

「被疑者が自動車で来たのなら、犯行時刻に不審な車が目撃されているかもしれませんね」

「そうだね。このあたりは古い住宅街で、最近はアパートもずいぶんと建ってごちゃごちゃとしているから、ある程度土地勘がある人間じゃないと、無理だろうね」

確かにごみごみして、風通しが悪そうな場所だった。朝だというのにアパートからはエアコンが音を立て、生暖かい風を排出している。

現場から少し離れた駐車場のフェンスに看板がかかっていて、こまかいゴミの分別方法が記載されている。

可燃ゴミの収集日は、火曜日と金曜日と書いてあった。

水科は足を止め、考え込んだ。

「ミズさん、なにかあったの？」

「可燃ゴミの収集日が金曜日ということは、被害者はあの朝、ゴミを出したんじゃないですか」

「資料にあった被害者宅の写真のゴミ箱には新しいゴミ袋がセットされていた気がする。つまり、被害者はゴミを出した後だったわけか。それなら犯行時刻を狭めることが出来るかもしれない」

水科は佐田の打てば響くという勘の良さに、これなら安心してコンビを組めると思った。

二人は、コピーしてきた住宅地図を参考にしながら、一軒ずつしらみつぶしに聞き込みを始めた。

午前中はアパートやマンションを避けて、一軒家を中心に回る。それでも留守の家がかなりある。

日曜日だというのに、朝から皆どこに行くのだろうか。

「なんでもいいので、変わったことや人を見かけたことはありませんか」と聞いてみるのだが、なにしろ犯行時刻が早朝で大方の人は寝ている時刻だ。有力な情報は得られなかった。

昼になると温度は三十度を超えた。水科の着ている夏用の上着の脇は汗でシミが出来ている。

あとで制汗スプレーを使おうと水科は佐田の横顔を見ながら考えた。

「暑いですね。名古屋の夏だけはいつまでたっても慣れませんよ」

水科はハンカチを使いながら愚痴をこぼした。言ったところで涼しくなるわけでもない。

「まあ、夏は暑いのが仕事だから。そうした意味ではいい仕事をしているよね、まったく褒めてやりたいくらいだよ」

佐田は冗談を言っているわけではなく、本当にそう思っているようだ。

調子がはずれた水科は「そろそろなにか食べませんか」と提案した。

二人は、大通りに出ると、チェーン店のうどん屋に入った。

この店はセルフサービスになっている。客は入り口で丼と麺を取り、お湯を張ってある場所で自分で麺を湯がき、それから棚に並べてある総菜を選ぶ、という流れになる。

サイドメニューからイカ天とおにぎりを三つ選んで、トレーに置き、レジで精算する。

それから蛇口から麺つゆを入れ、ネギと削り節、天かすを丼からはみ出すほど入れる。これが楽しみでここに来ているようなものだ。

水科は空いている席に腰を下ろした。佐田は正面に座った。

まず削り節をじっくりと味わう。カツオのうまみが口の中に広がる。それからネギと一緒に麺を口に入れる。少し食べたところで、イカ天を丼に入れて、つゆにひたす。おにぎりを半分食べてから、イカ天に取りかかる。つゆを含んだ衣がうまい。満腹した水科は摂取したカロリーが気になったが、これだけ歩き回っているのだから余計な脂肪がつくことはないだろう。

佐田はざるきしにエビ天という組み合わせだった。きれいに食べ終わると、両手を合わせてから箸を置いた。

「午前中は収穫がなくて残念でしたね」

水科は佐田に話しかけた。

「午後はきっと、いいことがあるよ。こんなに努力しているんだからさ」

これでは営業マン同士の会話のようだ、と水科は笑いそうになった。

午後からの聞き込みは、順調に進んだ。それでも有力な情報は得られない。海に落とした指輪とまではいわないが、自販機に置き忘れた硬貨くらいの確率でも、情報を求めて歩くしかないのだ。

照りつける日差しが多少は弱まってきた午後四時すぎ、次の家に向かおうとしたそのとき、坂道を上ってくる初老の男性が見えた。

犬の散歩でもしているのだろう、すぐ前に柴犬が歩いている。

水科は近寄って声をかけた。

「お忙しいところをすみません。港南署のものです。金曜日の朝に起きた殺人事件について調べています。どんなことでもいいので、なにかを見たとか、不審な車が駐まっていたとか、ご存じでしたらお願いします」

ポロシャツにジーンズ姿の男性は、興味深そうに二人を交互に眺めた。

「金曜日の朝ですよね。確かにあの近所を散歩させましたよ。いつも六時ちょうどに家を出て、帰ってくるとだいたい六時四十分になるんです。その時間にテレビのニュースが始まるので、新聞を読みながらテレビを見るというのが毎日の習慣ですからね。で、なにかあったかな？」

男は上目遣いになると、記憶をよみがえらせるようにして考え込んだ。

「あの日の朝も事件のあったアパートの近くを通りましたが、なにも変わったことはありませんでしたよ。見かけない車もなかったし。それと最近出来たアパートの連中だと思うんだけど、歩道にかかるように車を駐めるヤツがいて、ほんとに横着(ずる)いんだから。お巡りさん、ちゃんと取り締まってよ」

お巡りさんと刑事は管轄が違うんだけどなと水科は思ったが、素直に頭を下げて「よく言っておきますから」と返事をする。

男はそれで少し溜飲が下がったのか、照れたような笑顔を浮かべた。

「当日はなにもなかったんですね？　昨日今日はどうでした？」

水科の質問に、男は申し訳なさそうにして「それがね。殺しがあったなんていうものだから、それからは違う道を通っていたんですよ」と答える。

また外れかと思いながら水科は、男性の名前と住所を聞いて手帳に書き込んだ。

手帳をしまおうとしたときに、ゴミ置き場のことを思い出した。

「そういえば、アパートの近くにゴミ置き場があったんですけど、散歩のときにはゴミはどうでした、なにか出ていませんでしたか」

「駐車場の前でしょ。うちは地区が違うから、出す場所は別のところだけどね。確かにゴミが出ていましたよ。誰がしたのかはわからないけど、きれいに並べてありましたね。えーころかげんな出し方をするヤツもいるのに、ここはいつもきれいになっているな、と通るたびに感心していたんですよ」

「被害者は植田さんというのですが、ゴミ袋に名前はなかったですか」

「そこまではちょっと気がつかなかったな。……だけど、帰りにまた見たときには、誰かが新たにゴミを出してあったんだけど、それがさ、雑な感じで置いてあったから。せっかくきれいに並べても、意味なかったな、なんてね」

「最初に見たのは何時頃なんでしょうか。さっき朝六時に出るとおっしゃいましたよね」

「ゆっくりと散歩させることにしているから、だいたい六時十分頃かな。次に見たのは、二十分後くらいでしょうな」

「ありがとうございます。またなにか聞くこともあるかもしれませんので」

水科の声は弾んでいた。

男と別れてから、水科は佐田に尋ねてみた。

「どう思います、佐田さん。被害者は几帳面な性格で、ゴミの出し方に苦情を言うほどだったらしいから、最初に見たときに出ていたものがそうだと思うんです」

「きっと、そうだよ。最初に出した人がいて、それから六時十分までに被害者が出して、きれいに並べた。最初にゴミが出された時間を調べれば、被害者が生存していた時間がわかる。殺した人間がわざわざゴミを出して整えてくれたというのならば別だけどね」

佐田の意見に、水科は同意した。署にいる係長に携帯電話で連絡を取った。聞き込んだことを報告しながら、被害者と同じゴミ置き場を使っている人たちから、出した時間を聞き込んでもらうためだ。

午後九時すぎから捜査会議が始まる。

捜査報告はどれも思わしくないものばかりが続いた。不審人物・車両の目撃者がどこにもいないのだ。

管理官と課長の表情が次第に険しくなっていく。捜査員たちもそれに敏感に反応して、講堂はエアコンが入っているのにもかかわらず、暑苦しさが増していくようだ。

水科はそんな気重な空気に耐えられなくなって、首筋をハンカチでぬぐった。

「遺留品捜査はどうなっている」

管理官の口調が硬い。

「将棋の駒ですが、鑑識によると、かなり使い込んであるとのこと。これは同じような新品のプラ駒と比較してみた結果だそうで、長年にわたり、日常的に使ったのだろうということです。

栄(さかえ)にある将棋道場でプロ棋士に見てもらいましたが、同じようなことを言っていましたので、間違いはないと思います。二つの駒からは洗剤に使われる成分が微量ですが検出されたということです。これは台所で食器洗いをするもので、皆さんも使ったことがある一般的なものだそうです。

被害者宅にあった台所洗剤を科捜研に持ち込んで調べてもらいましたが、それとは別のものらしいことから将棋の駒は犯人が持ち込んだと思われます。現在、検出された成分を洗剤メーカーに問い合わせて照合中です。

それと、肝心の将棋駒ですが、メーカーによると何十年にもわたって大量に製造している商品とのことで、購入者を突き止めるのは困難だろうと思われます」

捜査員の報告が終わると、課長が発言した。

「そうか、ブツからたどるのは困難なようだな。そのあたりを徹底して捜査してもらいたい。それでも駒の所有者はそうとうな将棋好きということは判明したんだ。それと洗剤の成分が出たということは、容疑者がわざわざ駒を洗ってから持ち込んだというこことで、計画的というか、将棋の駒になにか意味があるはずだと思うのだが、そのあたりはどうなんだ」

報告した捜査員は首をひねった。何も思いつかないというふうだ。

「とにかく、将棋道場や会所などを中心に聞き込んでほしい。それから地取り班からなにか報告があるようなので、係長、頼む」

係長の村田が資料を手に取り、立ち上がった。

「犯行の朝、六時十分頃、現場近くで犬を散歩させていた初老の男性がゴミ置き場に被害者らしき人物が出したゴミが置いてあるのを見ており、複数の証言で、被害者は自分がゴミ出しするときには、きれいに整頓するクセがあることがわかりました。

ゴミ置き場に朝一番に持っていった中年女性から、朝の五時四十五分頃に自分が出したときには、他のゴミが置いてなかったという証言も得ております。ですから被害者は五時四十五分から、六時十分頃の間にゴミ出しをしたということになります。被害者の部屋にはゴミを片付けたような跡があり、ゴミ箱に新しいゴミ袋がセットされていたことからもそれは明らかだと思います。ラジオがつけっぱなしで鳴っていた件ですが、同じアパートの住人によると、被害者は六時から始まるテレビニュースを見ながら朝食を取るのが習慣で、それまではラジオをつけていたとのこと。

まとめますと、被害者はゴミ出しをしてから、ラジオを聴いていたところを襲われたということになります。被害者本人がゴミ出しをしたとすれば、五時四十五分から六時までの間に殺害されたと思われます。これは司法解剖の結果ともズレはないので、こう考えてもいいのではないでしょうか」

「納得のいく話ではあるな。しかし、どうやって犯人は被害者宅に入ったのか？　その動機はなんなのか？　それらとともに、近所に将棋マニアがいないかどうかも視野に入れて引き続き聞き込み捜査を徹底してほしい。以上」

課長の森下が締めくくった。

2　配置

九月二十三日（土）高倉純江（75）会社経営

高倉純江は二十一時四十分に名鉄大江駅を出ると、信号を渡り、自宅に急いだ。もう九月は終わりだというのにまだ蒸し暑い。

こんな暑さがいつまで続くのだろうと考えながらも、足取りは軽い。御園座で鑑賞していた『里沼広太朗特別公演』の余韻が残っていたからだ。

里沼広太朗はいい年のはずなのに、あいかわらず男の色気を感じさせる演技が素晴らしかった。私も長生きして、いろいろ楽しまなくちゃと気持ちが弾む。この日のために新調した秋用のブランドスーツに集まった熱い視線も心地よかった。いくら年を取っても、おしゃれする気持ちを失ってはいけない、純江はそう思う。

家が近くなると自然に足早になる。二週間ほど前に、近所で殺人事件が起きたばかりだ。住宅街だから、人通りはない。

家が見えてきた。同居している息子夫婦は旅行に行っていて、今日は誰もいない。暗くなると自動的に点く門灯だけが寂しげに灯っている。隣の家からテレビ番組を見ているのか、笑い声が聞こえてきた。そんな些細なことでもなんだかほっとする。

純江は門扉を開け、庭に入った。玄関までの通路に玉砂利が敷いてある。庭には様々な樹木が植えられ、道路沿いには大人の背丈ほどの生け垣が作られていた。広い敷地には鉄筋二階建ての住宅が建てられていて、門から玄関までの間に二台分のカーポートが設置されている。

玄関の手前で立ち止まった純江は、バッグから鍵を取り出そうとした。

やっと鍵を見つけて純江が肩の力を抜いたとき、背後に気配を感じて、振り返ろうとすると、なにかが首に巻き付いた。

悲鳴を上げようとするが、声は出ない。そのままぎりぎりと首を締め上げられて、最後は崩れ落ちるようにして倒れ込んだ。

※

殺人者は絞殺具を外すと、純江をひきずって車庫まで運んだ。

彼女に目を付けたのは、小柄な体格も獲物の条件に適っていたからだ。だから良かったものの、これが大柄な女だったら大変だったと、荒い息をしながら思った。

息子夫婦が旅行に出かけていることは知っていた。彼女が知り合いとそんな会話をしているのを聞き込んでいた。だからこそ今日にしたのだ。

純江が御園座から帰ってくるまでじっと暗闇に潜んでいるのは忍耐が必要だった。

暗いので、前回のように手鏡は使えない。

口と鼻の前に手を置いて、息をしていないことを確認してから、念のために脈を取る。

薄いとはいえ手袋のため、素手のようにいかないから、なにかいらつく。

たぶん死んだだろう、息を吹き返す様子はない。

緊張をほぐすために、深呼吸をした。それから将棋の駒を一枚取り出して、純江のスーツのポケットに入れた。

あたりの様子をうかがいながら、手抜かりはないか調べる。

前回と違って、現場は暗く、二時間ほども車庫に潜んでいたので、髪の毛ぐらいは落としたかもしれないが、それを調べているヒマはない。

自分と被害者の関係が警察に探り出せるとも思えない。

殺人者は立ち上がると、あたりを見回してから、ゆっくりと歩き出した。

※

次の日、午後五時、高倉純一（じゅんいち）と妻の由美（ゆみ）はタクシーから降り立った。

五十一歳にしては派手な色をしたポロシャツと白いチノパン姿の純一は、まともな職業についているようには見えないだろう。

玄関に鍵が掛かっているのに気がついて舌打ちをした。また婆さんがどこかに遊びに行ってるのか、そんな金があったら、こっちに回せよと思ったからだ。

鍵を開けさせるために後ろをのんびり歩いている由美を呼んだ。

「なによ。あんただって合い鍵を持っているでしょ」

棘を含んだ口調で由美は言うと、バッグに手を入れて鍵を探し始めた。

そういえば、自分も鍵を持っていたなとは思ったが、純一は返事をしないで無視を決め込んだ。

由美の後ろ姿は四十すぎとは思えないほど、きれいだった。

それだけに離婚話を持ち出した由美に腹が立ってきた。

そんな視線を感じたのか、由美は振り返ると純一をにらみ付ける。

純一は由美のきついまなざしから目を逸らすと、車庫に向かった。

留守の間に愛車になにもなかったか、調べておこうと思ったからだ。

広い車庫には純一と由美が使う二台の自動車が駐めてある。そこに見慣れぬものがあることに気がついた。

荒い足取りで、車庫に入る。

バッグが落ちているのが目に留まった。どこかで見たことがある。婆さんのお気に入りのブランドバッグにそっくりだ。

不安で口の中が乾く。つんのめるようにして、前に進んだ。

なにか人のようなものが目に入る。

それはうつぶせに倒れていた。おそるおそる手をかけて、体を起こす。

母親の純江だった。苦悶の表情が自分をにらみ付けているように純一には思えた。

首の回りにアザのようなものが見える。

悲鳴を上げながら、後ずさった。震える手で携帯を取り出したものの、救急車を呼ぶべきか、それとも警察に電話するべきか、考えがまとまらない。

携帯を持ったまま、車庫から走り出ると、大声で妻の名前を呼んだ。家の奥から玄関に戻ってきた由美はふてくされたような表情をしている。

純一は、なにを言ったらいいのか、頭が混乱してわからなくなった。車庫のほうを指さしながら、酸素を求める金魚のように口を開けてただ立ちつくした。

午後五時半、水科の携帯電話が鳴った。

「今どこにいる……そうか、すぐ近くで殺しだ」

係長の怒鳴りつけるような声に、水科は姿勢を正した。

「佐田さん、殺しだそうです。現場は同じ南区北頭町……」

「そこなら、ここを南に向かえばすぐだよ。案内するよミズちゃん」

そう言うと、佐田は駆け出した。水科もすぐ後を追う。

ワンブロック走っただけで、現場がどこにあるのか見当がついた。パトカーのサイレンが鳴り響き、ヤジ馬がなにごとかと集まってくる。そんな様子が見て取れたからだ。

水科たちはすぐに現着した。ヤジ馬を整理している地域課の警察官は、佐田の顔を見ると、黄色い規制テープを持ち上げた。

門扉を通り、庭に入ると、捜査員、機動捜査隊が集まっている。

庭から玄関の間に車庫らしきものがあり、青いビニールシートで覆われている。そこが犯行現場のようだ。

水科は玄関近くにいた係長を見つけて、手を挙げた。

「被害者は高倉純江、七十代半ばの老女。犯行手口は前と同じ絞殺。それにまた出たんだ、将棋の駒が」

「えっ、今度はどんな駒だったんです?」

「前回と同じプラスチック製の歩が一枚、被害者のスーツのポケットに入っていたということだ。こりゃ大変なことになったな」

将棋の駒については公表されていないから、多分同じ犯人だろう。そう思うと水科は身震いした。今度こそ犯人を挙げてやる。心の底から憤りに似た感情が突き上げてくる。

「おまえたちは、交通機関をあたってくれ。そうだな名鉄から始めてくれるか。向こうで被害者の顔写真をコピーしているから持っていくように。それと犯行時刻は昨日の夜、九時から十一時頃のようだ。玄関には鍵が掛かっていたというから、出かけて、家に帰ってきたところを襲われたのだろうな」

係長はてきぱきと水科に指示を与えた。

水科は聞き込みに行く前に、鑑識から被害者の服装を聞いた。

髪の毛は紫に染めていて、高価な黄緑色のスーツ姿だという情報を頭に入れた。

捜査員、機動捜査隊は鎖を外された猟犬のように飛び出していった。

「佐田さん、ここから一番近い駅はどこですか」

「名鉄だったら大江駅だね、東のほうに行けばすぐだよ」

二人は徒歩で大江駅へと向かった。日は暮れ始めて、街灯が街を照らし出していた。

駅舎は、国道２４７号線に面した駐車場の奥にある。今日は日曜日、午後六時近くということもあって、学生風の若い男女が歩道で立ち話をしているくらいで、閑散としている。

改札にいる若い駅員に警察手帳を見せて、さっそく聞き込みを始めた。その役目は水科がすることが多い。佐田はいつも後ろに立って、メモをする役目である。

ここは幸い、自動改札ではなかった。降りるときに駅員に切符を渡す、昔ながらのシステムだ。だとすると、被害者を見ているかもしれない。水科は当たりくじを引き当てたような気になった。

「愛知県警ですが、昨日の夜九時すぎに、この女性を見かけませんでしたか？」

「私がちょうど担当していましたけど、なんだか見たような気もするけど、よく覚えとらんわ」

駅員の返事に水科は丁寧な口調で、説明を加えた。

「七十代半ばのお婆さんで、髪の毛を紫に染めて、黄緑のスーツを着ていたと思うんですよ」

「紫？　そういえばそんなド派手なお婆さんがいたような気がしてきたけど、あれは何時頃だったかな」

駅員はそう言って、時刻表を見つめた。

手応えを感じた水科は、後ろを振り返って佐田の表情をうかがった。

佐田は、よかったねというように微笑みを浮かべると、手帳にメモをし始めた。

「そうだ。確か二十一時三十七分の急行だったわ。じろじろ顔を見るわけにはいかないけど、ずいぶんと身なりのいいお婆さんだなと思って後ろ姿を見ていたから、覚えているわ。そのとき一緒に、よく見かける中年のサラリーマンが降りていったから、間違いないと思いますけど」

「ありがとうございます。また聞きに来ることもあるかと思いますので……」

水科は念のために、駅員の名前を控えた。

携帯電話を取り出し、係長に一報しようとすると、佐田が耳元で「切符を調べてみる必要があるんじゃない」とささやいた。

そういえば、被害者が降りたのなら、切符に指紋がついているはずだ。

「すいません。そのお婆さんは切符を使ったんですよね。定期とかじゃなくて」

「そうですよ。普通の切符でした。よそ行きの格好からして、デパートに行ったとか、食事とかの帰りなんだろうと思いましたけど」

「その切符は取ってあるわけですよね。申し訳ありませんが、それを提出してもらいたいんですが」

水科の話に駅員は露骨にいやな顔をした。面倒事はかんべんしてくれと表情が物語っている。

「それはちょっと。もっと上の人に言ってもらえませんか。ほら、最近はいろいろとうるさいし」

もちろん切符を押収するには、裁判所から令状をもらってこないと出来ない。しかし、そんなことをしていたら時間がかかってしまう。

水科は係長に携帯で、被害者が電車を降りた時間を報告すると、切符に関しての事情を説明した。

「わかった。そっちのほうは俺のほうから上に言って、本社と話をつけてもらうから。とりあえず帰ってこい」

ほっとした水科は、駅員に礼を言うと、後で本社から指示があることを伝えた。

彼は申し訳なさそうに頭を下げた。

二人は一度署に戻って、指示を仰ぐことにした。

「佐田さん、切符のことはよく気がつきましたね。私なんか被害者が降りたことがわかったことに嬉しくなって、そこまで気が回りませんでしたよ」

「偶然だよ、ミズちゃん。こんなこともたまにはあるさ」

佐田は秋空のように爽やかな笑顔を見せながら言った。

そういえば、さっき佐田が熱心にメモを取っていたことを思い出した。ひょっとして『君への恋の切符は当日有効』なんて書いていたりして、と水科は思ったが、佐田の表情からはなにも読み取れない。

水科は首を振って、余計なことは考えないことにした。

捜査会議が始まったのは夜の十一時を過ぎていた。

二つの事件が同じ港南署管内ということもあり、正式に連続殺人と認定したわけではないが、同じ捜査本部で行うことになった。

最初の事件が膠着状態に陥っていただけに、次の事件が突破口になりそうで、久しぶりに捜査員たちの士気は高まっている。

管理官が手短に挨拶をすると、さっそく捜査員から報告が始まる。

「被害者高倉純江、七十五歳、和菓子チェーンの会長で、今は経営からは手を引いておりますが、資産家で名古屋市内に複数の土地を所有。その財産は数十億ともいわれております。

死因は絞殺による窒息。これは前回の植田ツネと共通しており、頸部にワイヤーを使ったような索溝が見られます。近くに落ちていたバッグからは現金、カード類などが見つかり、家族に確認してもらったところ、なにも盗まれてはいないことから、物盗りとは違い、被害者を殺害することだけが目的の犯行と思われます。

死亡時刻は九月二十三日、二十一時から二十三時の間。また被害者の着衣していたスーツのポケットから将棋の駒、歩一枚が見つかっており、鑑識の詳しい報告を待っているところではありますが、前回と同じものと思われます」

管理官は村田係長のほうを見ると「次は、被害者の足取りを報告してもらう」

緊張感に表情を引き締めながらも、どこか係長は誇らしげだな、と水科は思った。

「その日、被害者は御園座で『里沼広太朗特別公演』を観劇。これが終わったのが、夜の八時。そのあとに近くの食堂で「味噌煮込み定食」を食べ、それから名鉄名古屋駅から大江まで電車に乗り、大江駅に降りたのが、二十一時四十分頃、徒歩で帰宅後、犯人に襲われたということのようです。なお、食堂のウェイトレス、大江駅の駅員が被害者の顔を覚えており、裏は取れております。それと大江駅から回収した切符から被害者の指紋を採取中であります。被害者の目立つ服装や髪型が幸いしたということですな。それと、大江駅からはおおよそ十分ほどで家に着きますので、犯行時刻は二十一時五十分頃とみてよろしいかと思います」

「司法解剖の結果も胃の内容物の消化ぐあいからすると、食後一時間から二時間という報告がある。そうしたことからもまず、午後十時前後とみていいだろう」

管理官が力強く言い、次をうながすかのように捜査員のほうに視線を向けた。

それを受けて中年の捜査員が立ち上がった。

「第一発見者は被害者の息子で高倉純一、五十一歳、現在は母親の会社の取締役をしております。

九月二十二日、金曜日の夕方から妻の由美と二人で和歌山の勝浦温泉に二泊の旅行をした帰り、名古屋駅からタクシーに乗り、南区の自宅に帰ったところで、被害者が殺害されているのがわかり、警察に通報したということです。司令センターの通報時刻は十七時八分。

家族構成ですが、被害者と息子夫婦の三人で暮らしていて、純一の息子、高倉純は東京の大学に行っており、一人暮らしということです。現在、高倉純のアリバイ等は警視庁に依頼して問い合わせ中であります。

肝心の息子夫婦でありますが、明日にも捜査員を勝浦に派遣いたしまして、裏を取るつもりです。息子の純一から聞き取った話では、犯行時刻と思われる夜の十時頃には、ホテルのラウンジで夫婦で酒を飲んでいたから、バーテンなどに尋ねてくれとのこと。なお、詳しい報告は明日以降になると思われますが、どうやらアリバイがあるようなんですな」

最後は気が抜けたというように、力ない口調で話し終えた。

「それで被害者とその家族についてはどうなんだ」

「それなんですが、被害者の純江は資産家にもかかわらず、金の使い方にはけっこう細かいようで、事件の夜もタクシーは使わないで電車で帰宅していることからもわかるように、ムダな金は使わないというタイプだったようです。まあ自分の衣装などには金を使っていたようですが。

近所の付き合いは良かったようです。愛想の良い、腰の低い人という評判で、自治会にも参加して、催し事にはそれ相応の寄付をして、近所のトラブルもなく、恨みを買うようなことはなかったらしいですな。それに比べると息子の純一。取締役とは名ばかりで、ほとんど出勤したことがないらしく、近所では高倉さんとこのバカ息子と評判の男で、最近は遊ぶ金に困っていたという情報もあります。

妻とは愛人問題で離婚話も出ており、どうやら旅行に行ったきっかけはその件についてじっくりと話し合うためではないかと、近所に住む知人は言っております。あまりにタイミングよくアリバイがあることが、ちょっとひっかかります」

「息子夫婦には被害者が死ねば巨額の財産が入ってくるという動機があるわけか。露骨なアリバイもなにか裏がありそうだが、それは勝浦からの報告を待とう。では次」

「丸山アパートで殺害された植田ツネとの関係ですが、近所で聞き込んだ範囲では二人のつながりは確認出来ませんでした。事件についてはテレビや新聞で知っていたらしく『近所で殺人があるなんておそがい話だわ』と周りの人間に語っていたことはあるようですが、直接本人を知っていたとかいうことはないようです。なお、自治会や老人会は地区が違うこともあり、別だったとのことです」

管理官と課長は、二人揃って腕組みをすると、苦いものでも飲み込んだような険しい表情をしている。

「残された将棋の駒、殺害の手口等から、これは同一犯と思われるが、二人の被害者に共通している点は、南区という犯行現場、七十代の老女、ということだけだ。最初の被害者にはいまだに動機すら見あたらない。今回は動機を持つ人間はいるが、アリバイがある。八方ふさがりという状況だが、どうだ、意見のあるものはいないか」

鋭い視線で捜査員を見回す課長に、徳山が挙手をした。

「ところで、今回の事件で将棋と関係がある人物はいなかったのでしょうか」

「それも調べましたが、被害者は将棋のことはなに一つ知らなかったそうです。純江の息子も駒の動かし方くらいは知っているそうですが、小中学校のときに友達とやったくらいで、最近はもっぱらゴルフなどの屋外スポーツに夢中とのことです。妻も子供も将棋には興味はなかったらしく、家からもそれに関するものはいっさい出てきておりません」

先ほどの捜査員が答えた。

「どうして、将棋の駒なんだろうかと、俺はそこが腑に落ちないんだよな」

そう言って、徳山は考え込んだ。

水科はふと思いついた。しかしそれはまだまだまとまりのないただのイメージみたいなものだ。それでも考えているうちに、じわじわと形がはっきりしてくる。

急に落ち着きをなくした水科の態度に、村田係長は不審げな視線を向けた。それから、なにかあるのなら言ってみろ、というように目で合図をした。

遠慮がちに挙手した水科に、課長がうなずいた。

「これはただの思いつきなのかもしれませんが、将棋の駒自体に意味はないのではと。あれは犯人が自分の犯行だというサインを残しただけであって、将棋の駒以外でもよかったのではないでしょうか。

アメリカで有名な『ゾディアック事件』では、犯行声明にシンボルマークを描いてあったりします。どうして将棋の駒を自分の犯行声明のサインとしたのかはわかりませんが、紙に自筆でサインしたり、印刷するよりも、大量生産されたものを使えば足がつかないし、わざわざ洗剤で洗ってから使っているのも、後から模倣犯が現れたときに、はっきりと自分と区別させるためではないでしょうか」

「というと、これからも次々と殺人が起きるというわけか。おい、将棋の駒は四十枚あるんだぞ。犯人はそれだけの殺しをするつもりとでも言うのか」

徳山は水科のほうに体を乗り出して、大声を上げた。

講堂に驚きがさざ波のように広がっていく。

「さすがにそれは無理だとは思いますが、ただ将棋の駒は犯人のサインがわりに使われているだけで、それ以上の意味はないのではということが言いたかったわけです」

「将棋の駒は犯人のサインであるというのも一つの見方だ。それと二人の被害者の接点、鑑取りに重点を置いて捜査してもらいたい。それと動機がある息子夫婦の周辺になにかないか、そのあたりももっと突っ込んでやってみる必要があるだろう」

管理官が険しい表情で最後をまとめた。

次の日、水科が勝浦から高倉夫婦のアリバイを調査して港南署に戻ったとき、夜の十時を回っていた。経費節減と人手不足から水科一人が、勝浦へ日帰りで出張したのだった。

係長を見つけた水科は、調べてきた事実だけを簡潔にまとめて報告をした。

夜の十一時に、水科の報告を待っていたというように捜査会議が始まった。

水科はいささか緊張した面持ちで、勝浦出張の報告をする。

「高倉夫妻は犯行当時、確かにホテルに宿泊していました。フロントの人間の話とクレジットカードの使用履歴、宿泊者名簿から間違いないと思われます。

高倉純江の殺害時刻にはホテルのスナック『竜宮姫』で夫婦して飲酒しており、スナック従業員の大島（おおしま）によると、最初は仲良く飲んでいたのに、純一の携帯にかかってきた電話をめぐって口論となり、二人は気まずい雰囲気で店を出ていったということです。

店を出ていったのは十時を十分ほど回ったとき、大島によると最後の送迎船が出る時間だったから間違いはないとのこと。ホテルは送迎船でしか出入りできないので、抜け出すことは無理のようです」

高倉夫婦のアリバイは確実という結果に、管理官は口元を固く結んで険しい表情を浮かべた。

「高倉夫婦のアリバイは崩せなくとも、たとえば共犯者なり、誰かを雇ってという線は残っている。そのあたりはどうなんだ」

管理官の言葉に徳山が手を挙げた。

「それが、これといったネタは挙がってこないんですわ」

静まりかえった講堂に疲労感が広がっていく。係長は水科に目配せした。

おずおずと挙手した水科に課長の視線が向いた。

「その共犯者についてですが、仮にいるとして、スナックで飲んでいた高倉純一にどこかから携帯に電話がかかってきたという証言があります。それとその電話がきっかけで夫婦喧嘩が始まり、従業員の印象に残った。それを考えると、なにかわざとらしさがあるんです。ひょっとして共犯者から電話があって、それを合図にそんな演技をしたんではないかと。最初の事件と今回の事件にまるで関連性がないのに、将棋の駒だけがわざわざ残されているのも、これは動機を隠すための隠蔽工作で、連続殺人と見せかけて、実は高倉純江を殺すことだけが目的だったのではないのか、そんな考えも出来るのでは」

「それは、具体的にはどういうことなんだ。最初の犯行はダミーで、誰でもよかったということなのか」

課長は怪訝（けげん）そうな顔をして、水科に問いかけた。

「そうです。誰でもよかったんですよ。だからこそ動機が見つからないんです。これは有名な小説からヒントを得たんですが、事件の被疑者もそれを読んでいたのかもしれません。こう考えると、最初の事件の動機のなさと、将棋の駒の謎が説明できます」

「いや、本当にそんなことになったら、警察の威信はなくなり、世間はパニックになるぞ。そんな小説もどきのことがあるとは思えないが、高倉純一を徹底的にマークすることが必要だな。ＮＴＴに行ってその時間の電話がどこからかかってきたのか、調べてくれ。それと彼の周辺を重点的に聞き込みをして、共犯者らしき人物がいないか捜査すること。最初の事件での高倉純一のアリバイはどうだったんだ」

「植田ツネのときには、朝の八時すぎまで、家で寝ていたということで、夫婦ともにアリバイはありません」

部下から報告があったのか、課長が答えた。

十月二日（月）金山美保（64）マンション管理会社勤務

地下鉄桜通線、鶴里駅を降りた金山美保はスーパーの袋をさげて、自分が住むアパートへ向かった。

仕事先の近辺に大きなスーパーがあるので、そこで食材を買った。アパートの近くには、小さなスーパーしかない。

彼女は内田橋近くにあるマンションの管理と清掃をしている。

レジ袋が重たく感じるほど、疲れていた。友人の紹介で今の仕事をしているが、最近の住民はとにかくうるさい。

管理人ではなく、ただの使用人とでも思っているのだろうか、とにかく人使いが荒い。それでも我慢をしないと、わずかな年金だけでは生活できやしない。

金山は心の中で愚痴をこぼしながら、鯛取通を左に曲がった。

通りから少し入ると、閑静な住宅街が広がっている。夜七時を回っているので、とうに日は暮れ、人通りはない。

アパートの途中に廃屋があり、誰が捨てるのか、庭に粗大ゴミが散乱している。町内会でも問題になっているのだが、所有者は東京に住んでいて、固定資産税を払っているだけの状況ではどうしようもない。ゴミ屋敷の前を通るたびに、怖い物見たさというのだろうか。思わず庭を覗き込んでしまう。

庭に積まれた段ボールの横に見慣れぬものが置かれていた。

金山はゴミ屋敷をいつも見ているので、夕闇の中でも、変化があればすぐわかる。それが掃除機のような気がした。よく見るために、庭に入った。門扉が壊れているので、誰でも簡単に入ることが出来る。

やっぱり小型の掃除機だった。コードも付いている。レジ袋を傍らに置いて、じっくりと眺めた。ひょっとしたらどこも壊れていないかもと思った。この間から使っている掃除機の調子が悪く、買い替えなければと思っていたところだ。拾って帰ろうか――ダメだったらここに戻しておけばよいだけだ。とはいえ、世間体が悪いことも確かだ。

どうしようかと棒立ちになって考えた。

そのとき、誰かの気配がした。

いやだ、誰かにこんな姿を見られたら困る。そう思った金山が振り返ろうとしたとき、首になにかが巻き付くのを感じた。

悲鳴を上げることも出来ずに金山は崩れ落ちた。

ゴミに囲まれたところで死ぬなんて、なんて恥ずかしい死に方なんだろう。あまりにみっともない。誰かがあざ笑う声が頭の中に響き渡った。


十月三日、火曜日。初老の男性は日の出とともに、いつものように犬をつれて散歩に出た。

朝の爽やかな空気を感じると体がリフレッシュするようで、思わず口笛でも吹きそうになる。

柴のミックス犬も男性の顔を見上げながら、楽しそうに歩く。

男性は、ゴミ屋敷の前を通りかかった。腐敗したゴミの臭いがしてくるので、足を速めた。

急に犬が吠え出すと向きを変え、門のほうに駆け出す。

男性は、ドッグリードに引っ張られるようにして、犬の後を追った。

「おい、どこに行くんだ」

犬は男の言うことを聞かずに開け放された門を抜ける。

雑草が生い茂り、ゴミが散乱している中に真新しいレジ袋が置いてある。犬はそこに鼻を突っ込んだ。

「こら、なにをやっている」

男は犬をしかりつけると、レジ袋から犬を引き離した。

レジ袋にはタマネギ、ジャガイモ、豚肉のパックなどが入っている。

男はそれを見て、カレーでも作る気だったのかなと一瞬思った。それにしてもどうしてこんなところに置いてあるのだろう。

食材を見たかぎりでは、スーパーから買ってきたばかりというふうだ。

疑問を抱いた男は、もう少し様子を見ようと足を進めて覗き込んだ。

段ボールの下から女性の靴みたいなものが見える。

生唾を飲み込みながら、おそるおそる段ボールを持ち上げた。

「うわー」と叫ぶと、段ボールを放り出した。

白いナイロン製のスタッフジャンパーとグレーのスカートをはいた小柄な女性が倒れていた。髪の毛は白髪が交じっている。

男は、抱き起こそうとして彼女の体がすでに冷たくなっていることに気がついた。

死体を離すと、うつぶせになっていた顔が男をにらみ付けるように向きを変えた。

苦悶に歪んだ表情を見た男は青ざめた。そのまま、腰から落ちるようにして座り込んで、手を使って後ずさりする。

犬は主人のもとに走り寄ると、心配そうに悲しげな声で鳴いた。

「どえりゃーことになりましたね」

水科の言葉に、佐田は口の端を歪めて笑った。水科が珍しく名古屋弁を使ったからだろう。

長野県生まれの水科は大学時代から名古屋で過ごしている。佐田は元々が東京出身らしい。どうして名古屋にいるのかは直接聞いたことはないのでわからない。ただ、奥さんがこちらの出だという噂だ。

水科が驚くのも無理はなかった。これで三人続けて老女が殺されたのだ。

被害者の財布に地下鉄の定期券が入っていて、自宅のある「鶴里」から二区の範囲になっていた。

そこで水科と佐田は被害者の足取りを追うために地下鉄鶴里駅に来ていた。

仕事先付近の伝馬町（てんまちょう）駅では駅員の目撃証言が得られなかったが、ここでも駅員は覚えていなかった。

「今回はツキがなかったようだね。定期券の使用履歴を調べれば、わかるんだろうけど」

佐田の言葉に、水科は「使用履歴は係長に頼んで交通局に話を通してもらいましょう」と携帯電話で連絡を入れる。

水科は報告を終えると、佐田に言った。

「被害者が持っていたと思われるレジ袋からレシートが出たそうです。で、その裏を取れと。スーパーの場所は伝馬町駅の近くだそうで、近くの交番に資料を送ったから、受け取ってからそこに向かえということです。地下鉄で行きましょう」

地下鉄の車内は、学校の帰りなのか学生たちでそこそこ混んでいた。

水科は入り口付近に立ったまま、手帳を開いた。今回の事件について少しまとめようと思ったからだ。

被害者は金山美保。六十すぎの女性だ。死因は絞殺、犯行時刻は昨日の十八時から二十時までの間。地下鉄鶴里駅の改札口をいつ出たのかは、定期券の使用履歴を交通局に問い合わせているところだ。

白いジャンパーのポケットに将棋の駒「歩」が入っていたことから、殺害したのは同じ犯人だ。

今回も財布は残っており、着衣に乱れはなかった。強盗でもなく、変質者的な犯罪でもない。ただ殺すのが目的だったとしか思えない。

結局、行きつくのは、誰がなんのために老女ばかりを殺しているのかということだ。

動機がさっぱりわからない。ひょっとしたら老女を殺すことだけが目的なのかもしれない。行き当たりばったりに無差別に殺人を行っているとしたら、これはもう手に負えない。

そこまで考えたときに、車内でアナウンスが流れた。次の新瑞橋(あらたまばし)で乗り換えるべく、水科は手帳をしまった。

伝馬町駅から歩いて五分ほどのところに「スーパー安井」はあった。

夕方の五時近い時間帯もあって、夕食の食材を買い求める客で賑わっている。このスーパーマーケットは名古屋市内を中心にして店舗を展開する中堅店だ。庶民的な雰囲気で値段も安い。

店内に入り、レジコーナーから少し離れた所に贈答品売り場がある。そこに制服を着た中年女性がヒマそうに立っていた。

水科はその女性に声をかけて、店長を呼んでもらった。

すぐに店長は現れた。四十代の色黒の男だ。作業着姿のがっしりとした体格をしている。水科たちを見ると愛想笑いを浮かべたが、目に落ち着きがない。

「どんなご用件でしょうか」

緊張しているのか、真面目な堅い口調で聞いてきた。

水科はレシートの拡大コピーを見せながら、被害者の足取りの裏を取っていることを説明した。店長はレシートのコピーに目を落とす。

「わかりました。よければ事務室でお願いします」

水科と佐田がうなずくと、店長は事務室に向かった。

すると、部屋から私服を着た四十歳ほどの女性が出てくるところだった。

店長は女性に向かって「ご苦労さん」と挨拶をしてから、思い出したように「冬村（ふゆむら）さん、パソコンのパスワードなんでしたっけ」と声をかけた。

冬村と呼ばれた女性は中に戻ってパソコンに向かうと、画面の横に貼り付けられた付箋を指さして「そこに書いてありますけど」と答えた。

「こうした機器はなんか苦手でしてね」と店長は付箋を見ながら頼りない手つきでパスワードをキーボードから入力する。

彼女は帰り際に水科を見上げるようなしぐさをすると、眉をひそめた。女性にしては背が高く、他人を見上げることに慣れていないのだろう。同じく高身長の女性である水科はそう察した。

店長はモニター画面とキーボードを交互に見ながら番号を打ち込んだ。

「この方は、ポイントカードを作っていらっしゃいますね。名前は金山美保様。昨日の午後五時四十二分にお買い物をなさっています。よければレジを担当した者をお呼びしましょうか」

「そうしてもらえると助かります」

水科の言葉を受けて、店長はレジ係を呼びに事務室を出ていった。

「あれだけ協力的だと助かるよね」

佐田が息を弾ませていった。目は端末に釘付けになっている。ちょっと変わったものを見ると、佐田は好奇心を刺激されるらしい。

机の上にはパスワードがメモされた付箋が出しっぱなしになっている。

署でもパスワードを忘れないようノートパソコンに付箋やメモを貼り付けている捜査員がいるから、どこでも同じようなものなんだなと水科は苦笑いした。

ドアが開くと、店長と三十代の女性が入ってきた。

「仕事中なので、手短にお願いします」

店長はそう言うと、女性に目配せをした。

「昨日の夕方、五時四十分頃に、この女性があなたのレジで買い物をしたと思うのですが、見覚えはありませんか」

レシートと一緒に顔写真を渡された女性はなにかを思い出そうとするように、上目遣いになった。ときおり佐田のほうに視線を走らせる。

「詳しい時間は覚えてはいませんが、六時前の少しヒマになったときかな、よく似たお客さんが来たように思います。白い会社名が入ったジャンパーというんですか、そんなものを着ていたから覚えています」

「それなら、本人でしょうね。そのお客に変わった様子はなかったですか」

「特にそんなことはありませんでした。それにお客様の顔をジロジロ見たりはしませんから」

「そうですよね。どうもありがとうございました」

水科はそう言って、頭を下げた。

事務所から出ると、水科は時計を見た。五時三十分だった。昨日の今頃、被害者の金山は、ここで食材を求めて店内を歩いていたはずだ。購入品目からしてカレーを作るつもりだったのだろう。

「ミズちゃん。どうせ来たんだから、なにか食べるものでも買っていこうよ」

佐田はスーパーが珍しいのか、せわしなく視線を動かして店内を見ていた。その目はオモチャ屋に来た子供のように輝いている。

「そうですね。署に戻ったら食事するヒマもなさそうだし」

署には夜食用のインスタントラーメンなども置いてあるのだが、何週間もいると同じような食べ物ばかりでさすがに飽きてくる。

水科は入り口で買い物かごをつかむと、総菜コーナーに向かった。おにぎりでも買おうと思ったからだ。佐田は水科の後ろを付いてくる。

さすがにコンビニよりも値段が安い。それに種類も多いし、天ぷらやコロッケなどから揚げたての良い匂いがする。

水科はおにぎり三つとコロッケ二つをかごに入れた。後ろを振り返ると、佐田がからあげ弁当を手に持っているのが見えた。

「一緒に会計しますよ」

そう言って水科は、かごを差し出した。

「じゃ、割り勘で」

佐田は羞じらうようにして弁当をかごに入れた。

入り口でなにも考えなくともかごを持ってしまうほど慣れている水科にしてみれば、手ぶらで買い物しようという佐田はいかにも場慣れしていないように見える。

レジに向かいながら、一番早そうなレジを探した。水科はせっかちというわけでもないが、並んで待つのがなによりも嫌いなのである。

水科はめざとく一番空いているレジを見つけて並んだ。

佐田が水科の肩を叩くと「会計はまかせて」と言った。

水科は「いいですよ」と答えたが、佐田がかごをつかんで持ち上げたので、素直に従った。

順番が来た佐田はレジ係の言葉に、申し訳なさそうに頭に手をやると、口を開いた。

多分「ポイントカードをお持ちですか？」という質問に答えたのだろう。

レジ打ちが終わり、一瞬間が空いてから佐田はあわてたように財布を取り出した。

レジ係の中年女性が無関心を装ってはいるが、横目で佐田を見ているのがわかる。

あわてた様子がおかしいのか、キャッシャーの硬貨を確認する振りをしながら、彼女は薄く笑った。

最初からだいたいの金額を頭に入れて、財布からすぐに取り出せるようにしておけばいいのにと、水科は買い物評論家のように佐田を採点した。

近寄ってきた佐田に、水科は「私の分はいくらになります？」と尋ねた。

レシートを手に持った佐田はすぐに水科が買った品物の金額を答えた。レジ袋も二人分用意されている。

「ミズちゃん、いいところがあるから、あそこで食べよう」

買い物かごを片付けると、佐田はスーパーの一角を指さした。入り口のそばに二つテーブルが置かれている。電子レンジや給茶器もあるようだ。

水科が「そうですね」と言うと、佐田はレジ袋を持って歩き出した。

テーブルにつくと、電子レンジに弁当を入れた。水科は給茶器から二人分のお茶を紙コップに入れる。

先ほど佐田は店内を見回していたが、そのときにここを見つけたのだろう。意外と抜け目ないなと思いながら、水科はおにぎりを頬張った。

食事をしながら、水科はあたりを観察した。老人が目立つ。一人で買い物している人がほとんどだ。こうして見ると、今の日本が高齢化社会と呼ばれていることが実感できる。

「これからは一人暮らしの老人が増えるらしいですね」

食事中に話すことをしない佐田は、水科の言葉に黙って首を縦に振った。

食事を終えた佐田は丁寧に手を合わせてから、生真面目な表情になると、口を開いた。

「おかしな話だけどさ。一人暮らしの老人を捜すのだったら、こうしたスーパーに出入りしていれば、すぐに見つかるのじゃないかな」

「被害者を適当に選んでいるのだったら、確かに最適な場所ですけど。つまり、佐田さんは、この一連の事件は通り魔みたいな行き当たりばったりのものだと考えているんですか」

水科は声を潜めていった。幸いあたりには誰もいない。

「老人を殺すのが目的だったら、動機もなにもないよね。たとえば最初の被害者だったら、ゴミ出しに出ているところをたまたま見つけて、後を付けて部屋に入ったのかもしれないし、二番目だって駅で偶然見かけただけなのかもしれないし。だとしたら、動機から犯人を追うのはちょっと無理があるのじゃないかな」

犯罪の大半は俗に言う「色と欲」絡みである。だからこそ、それ以外の動機だととたんに見立てが出来ず迷宮入りとなることが多い。いわゆる筋が読めないというやつだ。

水科は佐田の言葉に考え込んだ。

上層部がどういう判断をするかはわからないが、本当に無差別の老女殺人だったら、これは最悪の事態だ。

高倉純一の線をどうしても水科は諦めきれなかった。いくら確実なアリバイがあるとしても共犯者を使う手もあるだろう。それに今回の殺人だって、無差別殺人を装うことで、本当の動機を隠蔽するためのものではないかと考えていた。二件よりも三件の同じ犯罪があればより効果的だ。

高倉にはアリバイがあり、旅先のスナックにかかってきた電話はNTTの調べで、彼の愛人からだった。その愛人は殺害時刻にキャバクラで働いていたことが確認されている。

いかにも怪しい高倉だったが、共犯者になり得る人間がいまだに浮かんでこないから、今は泳がせている状態なのである。

水科は苦々しく思った。

捜査本部の一捜査員という立場ではなにも出来ないのだ。昔なら一匹狼の刑事が独自の捜査をするなどということもあったかもしれないが、今はチームワークの捜査が基本だ。上が読んだ筋を捜査員がコツコツと調べ上げる。その報告を待って指揮官が捜査方針を決めていく。

捜査員は歯車として機能していればそれでいいのである。

水科はぬるくなったお茶を飲み干した。

今回の高倉のアリバイや共犯者の有無は今夜の捜査会議で報告があるだろう。とにかく佐田の懸念があたらないことを願うだけだ。

「佐田さんの言うことが本当だったら、とんでもないことになりますよ。さすがにマスコミも黙っていないだろうし、それよりもここの市民、特にご老人は家を出られなくなるでしょうし。そんなことが続くなんて知ったら……」

水科はうんざりするといった口ぶりで言った。

休憩コーナーの窓から駐車場が見える。話をしているうちに、外はすっかり暗くなっている。

「それが問題なんだよね。ミズちゃんはジグソーパズルをやったことはあるかい？」

ぼんやりと外の風景を見ていた水科は、佐田の質問に現実に引き戻された。

「ああいう面倒なものは苦手なんですよ」

水科は視線を落とすと、ぶっきらぼうに答えた。

「やるときのちょっとしたコツがあってさ。まず角がついた四隅のピースから始めるんだ。それから辺のピースをはめ込んでいく。そうやって組み立てていくんだけど、必ずどこかに手がかりがあって、考えれば完成するように作られている。今回の事件は、誰かが精密に犯行を組み立てているような気がするんだ。だから捜査するほうもジグソーパズルを作るように根気よくやっていかないと失敗すると思うよ」

「確かに今のところ、うちらはなんの成果も上げていませんから。視点を変える必要もあるかもしれません」

水科は今言った内容が上っ面だけの意味のないことに気がついて、気恥ずかしかった。

「あっ、しまった。係長に連絡するのを忘れていました」

水科はあわてて席を立った。佐田も後を追う。

店の外に出てから、係長にレシートとレジ係の話を報告した。

係長はいらついた声で「わかった。すぐに戻ってきて、報告書を作れ」と水科に指示を出してきた。

「機嫌悪いみたいですよ。すぐに署に戻りましょう」

二人は小走りで駅に急いだ。

港南署は夕闇の中、ライトアップされたように明るく浮かび上がっていた。付近の道路には中継車が並び、それを目当てにヤジ馬が集まっている。入り口前の広場には、レポーターやマスコミ関係者がうろついているのが見えた。

水科と佐田は、駆け足になって玄関に向かった。入り口に立っている制服警官の間をすり抜ける。署の二階にある刑事部に戻った水科は、佐田と手分けをして、報告書をパソコンで作り始めた。少し前から調書類などは、パソコンで作成することになって、事務処理が楽になっていた。昔のように手書きで作っていたらどれほど大変だったことだろう。

講堂は葬儀場のように静まりかえっていた。

管理官は口をきくのも億劫というふうに見える。皆の顔を見回してから、気を取り直したように口を開いた。

「では、被害者の状況から説明してもらおう」

「被害者は金山美保、六十四歳、独身。住居は南区元桜田町二丁目の『桜田荘』で一人暮らし。仕事は管理会社でパート勤務、主に内田橋近辺のマンションの管理を担当。事件当日は午後五時すぎに仕事先のマンションから出るのを、別の管理人が確認しております。

その後、職場付近のスーパーマーケットで夕飯の食材を購入、これが午後五時四十二分。これは現場で見つかったレジ袋に入っていたレシートから判明。レジ係も被害者を確認しております。その後、伝馬町駅から地下鉄に乗り、六時半すぎに鶴里駅で降りたことを交通局の協力で、定期券の履歴から確認。それから徒歩で自宅アパートまでの途中にある空き家の庭で何者かに殺害されたものと思われます。

死亡推定時刻は午後六時五十分頃から七時半まで。殺害方法は絞殺による窒息死。凶器は細いワイヤー状のもの。これは他の二件と共通しております。今回も財布等盗られたものはなく、上着のポケットにまた将棋の駒『歩』が一枚入っておりました」

「それで、将棋の駒は同じものだったわけだな」

「はい。科捜研によると同じ洗剤の成分が検出されたということです」

「鑑識のほうからはなにかないのか」

「それが、現場はゴミ屋敷といわれている場所でして、雑草が生い茂っている上に、ゴミが散乱しており、犯人のものと思われる指紋、足跡などは見つかっておりません」

水科は黙って報告を聞いていた。ときおり重要と思われることを手帳にメモをする。

高倉のアリバイ結果には真剣な面持ちで聞き入った。

「高倉純一は当日、会社を六時に出ると、そのまま錦三丁目のキャバクラに直行。店を出たのが夜の十時すぎ、それから家に帰ったことを確認。キャバ嬢にも聞きましたが、店内を出ることはなかったということです。妻の由美はこれまた五時から八時まで栄のレストランで友人と思われる女性と食事をして、その後、家に戻っています。なお、純一は共犯者らしき人物と接触を持つ様子もなく、最近は真面目に出社して働いているようです」

どうやら高倉が共犯者を使って犯行をしたという線は薄いようだ。それほど細かいことに気が回るタイプとも思えない男が、ボロを出さずにいるということは、やはり真犯人（ホンボシ）ではないのだろうか。

水科は体から力が抜けていくのを感じた。

「人が三人も殺されているんだ。目撃者が誰もいないということはないだろう。とにかく徹底的にどんな些細なことでもいいからかき集めること。それに被害者同士がどこかで結びついているはずだ。なんの関連もない、流しの犯行ということは考えにくい。そのあたりも重点的に捜査すること」

管理官は最後に力強く言った。

秋の小雨が降ってきた。傘を持ってこなかった水科は顔を上げた。どんよりとした鼠色（ねずみ）の空が広がっている。

今日の水科は一人だった。

三番目の事件が起きてからというもの、愛知県警の電話は鳴りっぱなし。犯人がいまだにつかまらないことへの苦情はもちろん、タレコミの情報がひっきりなしに入る。誰々が怪しい、犯人を知っている、等々。さらには自分が犯人だという人間も毎日のように現れる。

本当に被疑者なのかどうか判別する方法は簡単だ。現場に残した遺留品はなにか、それを聞くだけで済む。今のところそれを答えられた人間はいない。

おびただしい情報の洪水に、手の空いている署員は全て動員されている。基本的には二人で組んで行われる聞き込みも、手一杯ということもあり、水科一人になったというわけだった。

顔にかかった雨をハンカチでぬぐう。それから手帳を取り出した。

雨に濡れないところで開こうと、あたりを見回すと、ひときわ目立つリサイクルショップがあった。ひとまず軒下に避難しようと歩き出す。

ガラス戸の向こうにワゴンに積まれた商品が見える。栄養補助食品と呼ばれるチョコバーのようなものだ。それが一個二十円という値段なのだ。

思わず水科は、引き込まれるように店の中に入った。

どうして市価の数分の一で売っているのか、商品説明を見て、納得がいった。賞味期限が今週で切れると書いてあったからである。

雨宿りついでに店内を物色すると、どこから仕入れるのか大量の商品であふれかえっている。同じものが箱詰めされているのは企業からの処分品なのだろう。

安い物に目がない水科は帰りにでも箱買いしてみようと考え、店を出た。

雨は小降りになって、傘なしでも大丈夫そうだ。

水科は、タレコミの「夜になると出ていく怪しい住民がいる」という情報の裏を取るために、その住民を訪ねた。

眠い目をこすりながら出てきた小太りの若者に事情を聞くと、近くの自動車部品の製造工場で、夜働いているという返事があった。

夜勤ならば、夜出ていくのは当たり前の話である。

水科は念のために、彼が働く工場まで出向き、アリバイを確認した。

こうやって一つずつつぶしていくのが仕事だ。

次は七十歳の一人暮らしの老女からの情報で「部屋の前をうろつく人間がいる」というものだ。

水科は住宅地図のコピーを取り出して、場所をチェックする。

毎日のように港南署管轄地域を歩き回っていたので、ずいぶんと南区の地理には詳しくなった。

歩いているうちに、遠くの空に陽光が差すのが見えた。
どうやら雨がやみそうだなと思ったら、気分が軽くなるのを感じる。

3　虚構

十月十日（火）山口勇三（72）無職

午前六時半。日は昇っているが、空は雲に覆われていた。昨日と同じ雨を予感させるようなじっとりと湿気を含んだ青みがかった灰色の雲だ。樹木の枝が揺れるほど風が強い。

山口勇三はウォーキングをするために家を出た。

近くにある道徳公園をぐるりと回って帰ってくるのがいつものコースである。

家族からは「通り魔」に狙われるから、一人で外に出るなと忠告されていたが、勇三は気にしなかった。

「老女・キラーなんだぞ、こんな爺さんを襲ったりするわけないがね。トロいことを言ってたらいかんわ」というのが勇三の言い分である。

年を取ると頑固になるものだ。家族は言うことを聞かない勇三に、息子の携帯電話を持たせることにした。110番することだけを教え込み、なにか怪しいことがあれば、すぐに警察に電話するように言い聞かせた。

朝の早い時間、曇り空の悪い天気とはいえ、誰にもすれ違わないことが不思議だった。

ゴーストタウンに一人放り込まれたような気分だ。だが、ちょっと愉快な気もしてくる。

臆病者たちが建物にじっと潜んでいるなか、街の大通りを進む保安官になったようで、勇三は昔見た西部劇を思い出していた。

スウェットパンツとトレーナーだけの服装だったが、少し肌寒い。いつもなら歩いているうちに体が温まってくるのだが、曇り空と風のせいで、頬が冷たくなるほどだ。思わず身震いした。

それに寒さのせいで、トイレに行きたくなってきた。家でしてきたのに、出がけに飲んだコーヒーがいけなかったのかもしれない。

公園まで行けばトイレがあるのだが、それまで我慢出来そうにない。勇三はあたりをうかがってから、近くにある空き地に急いだ。

　空き地の板塀に隠れるようにして、勇三は立ちションを始めた。

　放尿の快感とともに両肩に寒さを感じて、体を震わせた。そのとき、背後に誰かの気配を感じたが、両手を使えない上に、振り向こうにもそれが出来ないことに焦りを感じた。早く放出を終わらせようとするが、生理現象を制御出来るわけもない。

　背をまるめ、すぐにしまえるようにファスナーに手をかけた。もうじき、終わるというとき、勇三の首にワイヤーのようなものが巻き付いた。

　両手を下半身から離して、首に持っていったときには、息が出来ないほど固く巻き付いて、首を締め上げていた。

　勇三は気が遠くなりながら、息子の嫁があざ笑う姿が一瞬脳裏に浮かんだ。

※

　殺人者は焦っていた。男性を殺すのは初めてだったし、老人とはいえ女性とは違って抵抗が凄い。

　場数を踏んで、絞殺具の取り扱いに慣れていなかったら、失敗して反撃されたかもしれない。

手は痺れ、両肩がこわばるのを感じられた。このままだとダメだと思ったとき、勇三の体から力が抜けていくのがわかった。

よかった、そう思ったとたん首筋にかいた汗が冷たく感じられ、寒気が襲ってくる。いつものようにポケットから将棋の駒を取り出そうとするが、手が言うことを聞かない。取り落としそうになり、あわてて押さえた。

勇三のスウェットパンツのポケットに入れようとしたら、なにかがすでに入っている。邪魔だから少しだけ外に出した。銀色の細長いものだった。携帯電話らしい。隙間が出来たのでそこに将棋の駒を滑り込ませる。

すぐにでも逃げ出したいのを我慢して、なにか落ち度がないか確かめるために周りに視線を巡らした。

いやな臭いがする。その元をたどっていくと勇三の下腹部に行き着いた。スウェットパンツの股間は濡れたように色が変わっている。

なんて汚いのかと思い、顔を背ける。

そんなことよりも一刻も早く逃げなければ、と思い直して、耳を澄ませる。こっそりと顔を塀からつき出し、様子をうかがう。

誰もいないことを確認してから、道路に出て、すぐの角を曲がる。

※

世間では無責任に『老女・キラー』、最近は『老人・キラー』と連続殺人鬼を呼び始めていた。

昨日の朝、四人目の被害者が出たことで、連続殺人事件は新たな展開を迎えていた。三人目までが老女だったのに対して、今回は男性だったのである。

山口勇三、七十二歳、無職。死亡推定時刻は朝の七時頃。ウォーキングの途中で空き地に立ち寄り、絞殺された。

老女だけが殺されることから、男の自分は大丈夫だと思い込み油断したというわけだ。

おかげで、少なくとも南区では、老人の送り迎えが当たり前、近所で寄り合って買い物に行ったり、病院に行くことが一般的になった。もちろん、小中学生の集団登校・下校はすでに習慣化されていた。街から一人歩きの光景は消え去ったのである。

食堂で大盛りカレーを食べていた水科の手が止まった。

テレビ画面に『不審な遺留品見つかる!』とテロップが大きく映し出されたからである。モザイクのかかった高校生らしき男がかしこまった姿でインタビューを受けている。どうやら死体の発見者のようだ。

「……ええ、被害者のポケットから携帯と一緒に将棋の駒が出てきたんですよ。クリーム色のプラ駒で桂馬でした。友達とよく将棋を指すので、間違いありませんよ……」

水科はあわててコップの水を飲んだ。突然出てきた『将棋の駒』に虚をつかれたのである。

「ご遺族によると、被害者は将棋をする趣味はなく、将棋の駒を持っているのを見たこともないということです。犯人の遺留物ということが考えられますが、捜査本部からはそれについての回答はありません」

その後は名古屋市内の恐慌ぶりを放映しただけで、目新しいものはない。

捜査本部からなにも情報が流れてこないのが原因だ。将棋駒のネタだって、目撃者に固く口止めしてあったのだが、ついインタビューでしゃべってしまったのだろう。

学生なのだ、無理もない。

チャンネルを替えてみたが他の局でも同じような内容で、興味をひかれるものはなかった。

十月十八日（水）福江佐和子（55）トレース業

午前十一時。福江佐和子は朝食兼昼食を取るために近所の喫茶店に出かけた。昔なじみの老女が一人だけでやっている店だ。すっぴん、普段着でも行ける気楽さがいい。

佐和子はぼんやりとした頭で、テレビを見ながら、こんがりと焼かれたトーストを口に運んだ。コーヒー・トースト・ゆで卵・ミニサラダが付いて、たったの三五〇円である。こんな値段で利益が出るのかと思うほどだ。

食べ終わると、今度はピーナッツが盛られた小皿が運ばれてくる。

食器を片付けながら、老女が話しかけてきた。

「仕事のほうはどうだなも」

「あかんて、さっぱりだわ」

佐和子は顔の前で手を振りながら答えた。

「最近はＣＡＤだとかいって、トレースなんて時代遅れになってしまったんだわ。やってられんて」

「そうきゃ、佐和ちゃんみたいな腕のいい職人だったら、いくらでも稼げるかと思ったら、世の中大変なことになってるんだがね」

驚いたように言った老女は、厨房に戻っていった。

佐和子は老女の後ろ姿を見ながら、喫茶店でもやったほうがよかったかもと思った。

十年前に離婚した佐和子は、結婚前にやっていたトレース業を独立して始めたのだが、仕事量が急に減ってきている。

パソコンの普及のおかげで、ＣＡＤで図面を作成する会社が増えたのだ。烏口も使えないような素人が、見よう見まねで作ってしまうのだ。

まったく何十年もキャリアを積んできたのは、いったい何のためだったのか――そう思うと気が重くなってくる。

佐和子は老女に「チケット切っておいて」と言い残して、店を出た。

名古屋の喫茶店では、常連客ならばチケットと呼ばれる回数券を買うのが常識だ。流行っている喫茶店だとレジの近くに短冊のように何十もチケットがぶら下がっている。

佐和子の家は新瑞橋の東にある南区平子にある。住宅街の中にあるのだが、近くに砂利敷きの駐車場があって、少し寂しい場所だ。そのかわりにうるさくないので、トレースのように集中力がいる仕事をするのにはちょうどいい。

お茶を入れてから、ラジオをつけた。夕べからやっている仕事があるのだが、昼間はなかなかやる気が出ない。長い間に夜中にやる習慣が出来てしまっているのだ。たまっている洗濯でもするかと腰を上げる。

窓から外を見た。久しぶりの好天で、爽やかな秋晴れだ。殺人鬼などというのが別世界の出来事のように思えるほど、気持ちの良い風が吹き込んでくる。絶好の洗濯日和だ。佐和子は洗濯物を持って、外に置いてある洗濯機に向かった。洗い終わった洗濯物を物干しにかけると洗剤の匂いがしてくる。こうしていると、将来のことなどはなにも心配しなくて済むような気がしてくるから不思議だ。

佐和子は心地よい空気を胸に吸い込んだ。

部屋に戻って、仕事の続きをするために、トレース台の電源を入れた。原図の上にマイラー用紙をのせて、文鎮で固定する。佐和子は烏口を手にして、線一本に意識を集中させる。

難しいところを描き終えてから、息をするために、体を起こした。あとは鉛筆書きでいいから、すぐに完成するだろう。

そのとき、後ろからなにかが首に巻き付いた。手に持っている烏口を捨て、両手で巻き付いたものを引き剝がそうとしたが、ぐいぐいと首は絞まり、息が出来なくなった。

意識がなくなる寸前、佐和子の頭に担当者の怒る顔が浮かんだがどうしようもなかった。

次の日。水科と佐田は熱田区にある測量会社に向かうために、名鉄神宮前駅を降りた。

福江佐和子が殺された事件の発見者、島田健彦が働いている測量事務所が熱田神宮のそばにあるからだ。

駅ビルを出て、交差点を渡ると熱田神宮の入り口が見える。平日の三時半という半端な時間ということもあるのだろう、人通りはあまりない。

朝からどんよりとした曇り空で、秋というよりも冬を感じさせるような冷たい風が吹いていた。

二人の足取りは重かった。

先ほどまで、発見者のアリバイを確認するために、手分けして彼らが測量していたという場所に聞き込みに行っていたのだ。

測量していたという名古屋市栄の瓦通近辺で、確かに昼すぎまで測量をしていたのは目撃者の証言からして事実のようだった。

そのあとに埋設管調査に下水道局に行ったというのも、閲覧簿に書かれていた時間・会社名から証明出来た。

印象としてはシロだ。たまたま現場帰りに立ち寄って発見したというのが本当のことだろう。

会社は駅から五分ほど歩いたところにあった。

事務所は三階にある。スチール製のドアから笑い声が漏れてくる。

ドアをノックすると「どうぞ」という声が聞こえた。

水科はドアを開けてから「愛知県警ですが、島田さんはいらっしゃいますか」と尋ねた。

パソコンに向かっていた男が立ち上がると「私ですけど」としっかりした口調で答えた。

島田は水科たちに向かって手招きをすると、ソファーの置いてあるところに歩いていった。

水科たちがソファーに腰掛けるのを待ってから、島田は「おい二宮、おまえもこっちに来いよ」と声をかける。

長机で作業をしていた若い男は、島田の声で顔を上げると、おどおどした表情で島田の横に座った。

「何度もすみませんが、もう一度だけ昨日の行動を説明してもらえませんか」

水科の言葉で島田は話し始めた。

「朝、九時にバイトの二宮と二人で、栄の池田公園の近くにある瓦通を測量するために、会社を出ました。現場に着いたのは九時半頃かな。測量というのは平面図を作るための作業でして、平板を使って測量するんですよ。今だと光波を使って測量したりするんですけど、なにしろうちは貧乏ですからね。昔ながらの方法でやっていました。昼を挟んで三ヶ所測量したら、午後二時すぎでしたね。それから堀留にある下水道局に埋設物調査に行って、調べが終わったのが、四時近かったかな。それから福江トレースに頼んでいた図面が出来ているかもしれないと思って、寄ってみたら、彼女が死んでいたというわけですよ。

驚いたのは机の上に将棋の駒『角行』があるのを見つけたことです。あれって連続殺人の『老人・キラー』に関係あるんですよね」

昨日から何度も仲間内で話していたのか島田はよどみなく語り終えた。
なにかを思いついたというふうにソファーを離れた島田は、一枚の青焼き図面を持ってくると、それをテーブルの上に広げた。

「これが測量した図面を青焼きしたものです。この原図をトレース屋に渡し、烏口を使ってきれいに書き写してもらうわけです」

佐田は身を乗り出して、その図面を眺めてから、口を開いた。

「へえ、面白いものですね。これはあなたが鉛筆で書いたんですか？」

「そうですよ。うちは０・３ミリのシャープペンで書いてます。慣れれば刑事さんだって、こうした図面を現地で書くことが出来ますよ」

「見事なものです。あっ、この建物確かにありましたよ。なるほど空の上から見たように書くわけか。よかったら一部分で結構ですから、コピーしてもらえませんかね。こういったものが好きなんですよ」

　島田は「いいですよ」と言うと、二宮にコピーするように指示を出した。

「それで、話を戻しますが、その日はあなたと二宮さんはずっと一緒に行動をされていたんですね？」

　水科は念を押すように質問した。

「もちろんです。一人じゃ測量出来ませんからね。最近では一人だけで測量が出来る機械もあるそうですけど。死体を発見したときには、私だけが福江さんの事務所に入ったので、彼は車の中で待っていましたよ。いつも数分で用事は済んでいましたから」

「わかりました。ところで、福江さんから最近なにか変わったことがあったとか聞いてませんか」

「福江さんは青焼き屋から紹介されて、もう五年以上お願いしてますけど、真面目な人でしたよ。無理を言って徹夜仕事を頼むこともあったのに、嫌な顔をすることもなく、納期に間に合わせてくれました。仕事でトラブルがあったとは聞いていないし、近所の人たちだって、昔から住んでいる人間ばかりでしょ。犯人があの『老人・キラー』だというのは本当なんですか？　五十代半ばの福江さんを老人というのは無理があるからそれは違うだろうと二宮と話したんですけど」

「そうしたことがマスコミではいわれていますが、鋭意捜査中ということでして。私たち下っ端が勝手に情報を漏らすわけにはいかないんですよ」

頭をかきながら、水科は歯切れわるく言った。

聞き込みに回るたびに市民からは警察の無能ぶりを叱責、あるいは揶揄されて、まいっているのだった。


測量会社を出ると四時すぎだった。

神宮前駅に向かいながら、水科は熱田神宮を外から眺めた。どんなところか見てみたいと思いながら、一度も境内に入ったことがない。

広大な敷地は森のように樹木で覆われている。入り口付近に軍鶏（しゃも）がうろついているのが見えた。誰かが飼っているわけではなく、勝手に棲みついているのだろう。

「ここには、軍鶏がいるんですね」

水科の言葉に、佐田は「野良猫もいるみたいだから、どうやって一緒に暮らしているんだろう。不思議なところだよ」と答えた。

佐田は足を止めると、水科に声をかけた。

「ミズちゃん、ちょっときしめんでも食べていかないかい」

「きしめんですか、そういえばずいぶんと食べてませんね。このへんにうどん屋とかありましたっけ」

そう言って、水科はあたりを見回した。ファーストフード店や饅頭などの土産物屋はあるが、うどん屋なんてあったかなと思った。

佐田は黙って熱田神宮に入っていく。水科はあわてて後を追った。

入り口から左手のほうに『熱田図書館』がある。木造の古い建物だ。老朽化したので、来年にはここから移転するらしい。

慣れた様子で歩いていく佐田の後ろ姿を見ながら、きっと境内を抜けていくのだろうと考えた。ここを西に行くと、伏見通に出る。

しばらく歩くと、佐田は左に曲がった。その先には茶屋風の建物がある。大きなテントの下にはテーブルがいくつも並べられていた。

のれんに「宮きしめん」と書いてあるから、ここがきしめん屋なのだろうなと水科は思った。まさか熱田神宮の境内にこんな場所があるとは思いもよらない。

佐田は水科のほうを振り返ると「宮きしめんでいいよね」と聞いた。

「天ぷらをつけてもらえますか」と水科はあわてたように答える。

いつものように水科は鰹節と刻みネギを丼からあふれ出す寸前まで入れた。

温かいきしめんは、鰹の出汁がよくきいていてうまい。夕方近くなって少し肌寒くなっていたが、食べていると体が温かくなる。最近はいやなことが多くて、うんざりしていたが、もう少し頑張ろうかという気力が湧いてくる。

戸外で食事するというのも開放的な気持ちになって、いいものだなと感じる。

食べ終わった丼をカウンターに返却して、水科が佐田のほうを見ると、彼は顔を動かして合図を送ってきた。

どこか静かなところで話をしようというのだなと水科は思った。店の中では中年女性のグループがおしゃべりをしているから、ここでは出来ないというわけだ。

店から出ると、すぐそばに小さな池がある。そこに腰を掛けるのにちょうどいい石があったので、二人で座った。

佐田は手帳に挟み込んでいたコピー用紙を二枚取り出した。一枚は下水道局から埋設物閲覧簿をコピーしてもらったもの、残りの一枚は先ほどの平面図のコピーだった。

両手に持った紙を見比べながら佐田は感心したように言った。

「測量屋さんの数字というのは、独特のものがあるね。活字とは違う手書き感というのか、人間の温もりを感じさせるよ」

「知り合いに経理をやっている人間がいますけど、手書きの数字というのは相手に読み間違いをさせないように決まった書き方をするらしいですね」

佐田の手にした紙を覗きながら、水科は答えた。そして気がついた。

平面図には電柱番号が書いてあり、閲覧簿には連絡先として電話番号を書く欄がある。二つの用紙に書かれた数字を比較して、島田自身が下水道局の閲覧簿に記帳したことを確認出来る。そのために佐田は平面図をコピーしてもらったのだろう。

「結局、発見者の島田もシロのようですね。動機もなさそうだし、アリバイもはっきりしていますし」

「まあ、あの態度からして冷徹な連続殺人犯ということだけはないだろうね。それにものを作る人間はそんなことをしないだろうし」

しげしげと平面図に見入っている姿から、佐田さんはなにかを作り出す仕事に憧れでも持っているのかもしれない、と水科は思った。

水科は携帯で島田たちのアリバイ結果を上司に報告した。

「今日ほど、自分が下っ端でよかったと思ったことはありませんよ。上のほうはとんでもないことになっているようです」

いつになく真剣な表情の佐田に、水科は不安と焦燥を感じて、石の椅子から立ち上がった。

「そういえば、いままでは南区ばかりで犯行を行っていましたけど、裏をかいて他の場所、たとえば中区だとか、範囲を広げて愛知県内とかで殺人をしたら、どうなるんでしょうね」

ふと思いついたことを水科は口にしたが、凍り付いたようにすくみ上がる佐田を見て、後悔した。

「ミズちゃん、そんなことになったら、それこそ日本中がパニックになるよ。極端なことを言えば、東京で殺しをして犯行の印に将棋の駒を置いてくればいいんだからさ」

「そうですよね。そんなことになったら本当に我々の手に負えなくなりますよね」

「これは僕の直感なんだけど、犯人が南区で被害者を選ぶ、そのことになにか意味があるんじゃないかな。それとも南区という場所は犯人にとって重要な意味があって、犯行を重ねているのかもしれない」

佐田の言葉に水科は一縷の救いを求めた。

「南区は犯人の庭であって、土地勘があり、被害者を選び出すためにはここじゃないとダメということかもしれませんね。おかしなたとえですが、猟師は自分の狩り場を出て狩りをしないでしょうから」

「ミズちゃん、うまいことを言うね」

佐田の言葉を合図に二人は帰りを急いだ。

熱田神宮から出ると、大津通では渋滞が始まり、街灯がそれを照らし出していた。

※

朝の九時、殺人者は呼続公園の南にあるアパートに来ていた。

ここに次のターゲットが住んでいる。半年ほど前に下見を済ませていたが、今回は再確認というわけだった。

手にはチラシを持っていた。誰かに見られてもポスティングのバイトをしていると思ってくれるはずだ。

二階に上り、ターゲットの住む角部屋の様子をうかがう。

表札が出ていない。嫌な予感に立ちすくむ。

電気メーターが回っていないし、なにか紙切れが貼ってある。

ひょっとしたら、ターゲットは引っ越したのか。

一階に下りてから、アパート全体を見渡した。

入り口にある集合ポストを見ると、一室だけ名前がなく、チラシがはみ出している。

どうやら、本当に引っ越したようだ。

暗い気持ちが足取りを重くする。

今までうまくいき過ぎていたから、こんなこともあるだろう。

警察が高倉純一に目を向けている間は大丈夫だが、その効果がいつまで持つのか。

もう少し選び出す基準を厳しくするべきだったと反省する。

五十すぎても安アパートで一人暮らしをしているような男だ。いついなくなってもおかしくなかった。それを予測出来なかったのはうかつだった。

部屋に戻り、考えをまとめる。

きれいな秋空に黒い雲がせり出してきた——そんな気分だ。

どうやってターゲットを決めたらいいだろうか。

ふと、思いついたことがある。

部屋の隅に積んである新聞紙を手に取った。

事件が載っているものだけをより分けてあるから、すぐに目的のものが見つかった。

最後の獲物は、最初の計画とは違うが、これで決まった。

ちょっと意外な人物だ。

うまくいったときには、みな驚くことだろう。

4　改作

十月二十八日（土）高倉純一（52）会社役員

深夜二時、秋にしては蒸し暑く、夏が戻ってきたような陽気だった。

高倉純一は、タクシーから降り立つと、あたりを見回してから家に入った。

誰もいない家はもの寂しい。今まで陽気に騒いでいただけに、いっそう身にしみる。

家庭内別居状態の由美は、最近は旅行にハマってほとんど家にいない。三日前から長野県のひなびた温泉宿に友達と出かけたままだ。

純一の誕生日が昨日だということを知っていて、わざわざ旅行に行ったのは、きっと自分へのあてつけだろうと腹立たしく思った。

酔いを覚ますために庭に通じるテラス窓を開ける。涼しい風が頬に気持ちいい。

伸びた芝生に生い茂った樹木、庭師に手入れを頼む必要がありそうだ。

居間のソファーに体をぶつけるようにして座った。リモコンを手に取ってテレビの電源を入れる。

深夜番組の見知らぬ芸人たちのバカ騒ぎを見ているうちに、食欲が湧いてきた。

インスタントラーメンでも作るかと、立ち上がった。

居間は昨日やった誕生日祝いのせいで散らかっている。家政婦が週に三日来て、掃除や洗濯などをやってくれるのだが、由美がいないから、いつ来るのかわからない。

封を開けていない誕生日プレゼントや、天井からぶら下がったくす玉には『五十二歳、誕生日おめでとう』の垂れ幕がついている。

一時期離れていた悪友やキャバ嬢たちが来てくれて大騒ぎしたのだ。

明日になったら片付けようと考えながら、台所に向かった。

食器棚に置いてあるカップ麺を手に取った。

夜食用に冷凍食品でも買い置きしたほうがいいなと、カップにお湯を注ぎながら思った。

テレビの音量を上げてから、ラーメンを食べ始めた。具がたくさん入っていて、インスタントとは思えないほどうまい。

両手で器を持って、最後の一滴までスープを飲み干した。テーブルに器を置くと、満足のため息をはいた。

そのとき、首になにかが巻き付いた。そのままソファーに押しつけられるようにして後ろに引っ張られる。

純一は首に手を回して、巻き付いたものを引き剥がそうとしたが、紐状のものは皮膚に密着していて、手をかけることさえも無理だった。

気が遠くなり、死を覚悟したとき、なにかうめくような声が聞こえた。

　すると、首を絞めていたものが、急に緩められ、呼吸が楽になった。前屈みになって息をすると、むせてさっきまで食べていたラーメンが胃から逆流してきた。口の中に麺とスープがあふれ、そこに酸っぱいものが混じる。

首から紐のようなものが外される感覚があり、膝の上になにかが落ちてきた。感触からすると軽くて小さなもののようだった。

　視線を膝のほうに向けると、クリーム色をした将棋の駒に似た五角形の物体だった。なめらかな面にはなにも描かれていない。

　なんだろうこれは、と思ったとたん、両腕をつかまれ、後ろ手にされた。そのまま両手を合わせるようにして親指を縛られる。

　膝のあたりを手のようなものが這い回るのを感じた。視界の端に革手袋が映り込む。腕の付け根が痛い上に、今の動きでまたむせかえった。今度は頭にレジ袋のようなものをかぶせられて、首元で紐のようなものが結ばれた。

　袋はゴミ袋なのだろうか、目の前がまっくらになった。

　ごつごつした手袋のようなものが、膝の上を這い回るのを感じる。

　なにをやっているんだろうと思いながらも、かぶせられた袋を破ろうという意識が先に立つ。革張りのソファーに顔をこすりつけると袋と革が密着した、それを利用して袋を引っぱるとうまいぐあいに裂け目が出来た。

裂けた部分から顔を出す。

首を回して周囲を見たが、誰もいない。危険が去ったことに純一はほっとすると体から力が抜けて、崩れ落ちそうになる。

とにかく警察に電話しないと、そう考えて携帯電話を探そうとしたが、両手が使えないことに気がついた。そこで、固定電話のあるところに向かった。

電話機の横に置いてあるボールペンを口にくわえて、受話器を外してから番号をペンの先で押した。

「強盗に襲われた。助けてくれ」と告げると、名前と住所を話す。

お袋が殺され、今度は自分が何者かに襲われた。いったい警察はなにをやっているんだ、税金なんぞ二度と払ってやらないぞ——顔が熱くなるほどの怒りを感じた。

水科と佐田は錦三丁目に来ていた。高倉の誕生パーティーに参加していた遊び仲間から状況を聞くためである。

聞き込み相手が普通のサラリーマンだから、時間つぶしに公園で早めの食事をすることにした。退社時間までにはあと一時間ほどある。

「それにしても、どうして高倉純一は未遂に終わったんですかね」

水科は佐田に尋ねた。

「なにか理由があって犯行を途中でやめたんだろうけど、今までのようなお年寄りじゃなくて、五十代の男性だからね。高倉純一はゴルフをやっていて体も丈夫そうだからさ。もっともどうして彼なのか、それが謎だよね」

朝早くから捜査会議が開かれたが、めぼしい情報はなかった。

ゴミ袋や結束バンドというのは大量に流通しているものだし、犯人の遺留品もない。

部屋の中は誕生日パーティーのせいで物があふれかえり、掃除もされていないので、被疑者の遺留物なのかどうか判別するのはかなり難しい状況だ。

菓子パンを食べ終わり、缶紅茶を飲み干してから水科はしばらく考え込んだ。

「将棋の駒らしきものを見たと言うから、同じ被疑者なんでしょうけど。それにしても振り回されっぱなしですね。まさか、あの高倉が襲われるなんて」

高倉純一には捜査員が張り付いていたのだが、最近は近所をパトロールする程度になっていた。そこまで人員が割けない状況だったからである。

「犯行の動機というか目的に皆目見当がつかない。それが一番の問題だよね」

「これだけ、筋が読めない事件もないですよ。上のほうも頭を抱えて、占い師にでも頼りたいほどひどいことになっているらしいです」

水科は嘆息した。

捜査方針は再び高倉に集中して、彼に動機を求める雰囲気が濃くなっている。

根拠はないのだが、手近にあるものに救いを求めるといった安易な考えに落ち込んでいるように水科は思ったが、もちろん捜査方針に口は出せない。

「今度の事件は疑惑を逸らせるための狂言だなんて意見もありますが、そこまで彼がやりますかね」

「考え過ぎじゃないの。あの男はそんな巧妙なことを考えられるタイプじゃないよ」

「そうですよね」

高倉の姿を思い出しながら、水科は答えた。

簡素な食事が終わったが、二人は公園のベンチに座ったままだ。空回りしているだけといった徒労感があって水科は立つ気になれない。

水分を含んだ涼しい風が吹いてくる。暑苦しい夏は過ぎて、本格的な秋になっていた。

「高倉がもう少し協力的で、襲った人間の特徴でも覚えておいてくれたら、少しは状況が違っていたんでしょうけどね」

「そりゃあ、ミズちゃん、しかたないよ。母親を殺され自分は被疑者扱い、それでもって今度は自分が殺されそうになって、警察に不信感を抱いているからさ。だけど、今回の未遂には変化の兆しが感じられるんだ。このあたりから一挙に流れが変わるような……」

なにやら予言者めいた言葉に、水科は佐田の顔を覗き込んだ。

第二部　解図

1　転機

水科は寮に帰ると、事件を最初から考えてみることにした。
ノートパソコンを起ち上げて、六人の犠牲者を表計算ソフトで一覧表にしてみた。

名前	年齢	性別	将棋の駒
植田　ツネ	71	女性	歩、銀
高倉　純江	75	女性	歩
金山　美保	64	女性	歩
山口　勇三	72	男性	桂馬
福江佐和子	55	女性	角行
高倉　純一	52	男性	玉？

住所や犯行場所、職業などは後で追加することにして、被害者と将棋の駒の関係性だけに焦点を絞ることにした。

目につくのは、最初の犠牲者である植田ツネだけが、二枚の駒だったということだ。捜査資料によると、歩は手に握らされていて、銀はポケットに入っていた。周到な犯人のことだ、なにか理由があってそんなことをしたのだろう。

じっとパソコン画面を睨んだが、良い考えは浮かんでこない。

気分転換に窓を開けた。もう十一月だ。風が入ってくると、涼しいというよりも肌寒い。雨はやんでいたが、空気は湿っていた。

すぐに窓を閉め、椅子に座って、背を伸ばして簡単なストレッチをする。

ふいに、考えが閃いた。

最初の被害者が駒を握っていたのは、持駒という意味ではないのか。

将棋では相手から取った駒は「持駒」として使用出来る。テレビで見るプロ棋士などの対局では脇に置いた駒台に取った駒を載せるのはおなじみの光景だ。

持駒は「手駒」ともいう。まさにツネさんが手に握らされている状態にぴったりだ。

犯人が「歩」を持駒だと主張したいのならば、ポケットに入れられた「銀」はなにを意味するのだろう。

被害者は誰一人として、将棋に関係していなかった。犯人は誰に向かって、わざわざ「歩」が持駒だと言っているのか。

将棋の駒は謎を解くためのアイテムなのではと気づいた瞬間、頭の中に将棋盤と駒が浮かぶ。

ということは犯人からの出題図か――そうだ、詰将棋だ。

将棋は玉将を詰ませれば勝ちというゲームだ。そこでどうやって玉将を詰ませるかが重要になる。それを学ぶための問題として詰将棋は作られ、今でもスポーツ新聞などに載っている。

一つ手がかりを見つけたことで、水科の探求心は抑えられなくなっていた。

となると、ポケットなどに入れられていた将棋の駒は、将棋盤のどこかに配置しろということだ。

椅子を立った水科は押し入れに向かった。確か昔に使った将棋盤と駒がしまったままになっていたはずだ。

ガラクタ類を入れた段ボール箱の中から、コンビニ袋に入った盤と駒が見つかった。

机からノートパソコンをどかして、そこに将棋盤を置く。

被害者一覧表を見て、持駒の「歩」だけは盤の横に置き、「歩、銀、歩、歩、桂、角」を盤の上に適当に並べる。

次に考えなければいけないのは、駒をどこに配置するかだ。

将棋盤は右から左に算用数字で「1〜9」、上から下へ漢数字で「一〜九」までの記号がついていて「3一金」などと場所を表記する。

一覧表を見て、水科は思わず声を出した。

手がかりが堂々と書いてある。それは年齢だった。

たとえば最初の犠牲者のツネさんは七十一歳で銀がポケットに入れられていた。ということは7一銀となる。

未遂の高倉純一は駒が不明なので、それ以外の駒でとりあえず将棋盤に並べる。

将棋の駒には攻め方と守る玉方がある。

この配置にはおかしなところがある。将棋のルールでは行き所のない駒を置くことは禁止されている。だから山口勇三の7二桂というのはありえない。二筋に桂馬を置くと、桂馬の動く場所が将棋盤からはみ出してしまう。

とすると、この桂馬は玉方ということになる。これならば桂馬は8四桂、6四桂と動くことが出来るからだ。

ここまで考えてから、水科はもう一つのことに思い当たり、膝を叩いた。

性別が駒の配置に関係していたのである。

桂馬を持たされていた山口勇三だけが男性で、他の犠牲者が全て女性だったことの意味がわかったのだ。

女性は攻め方、男性は玉方を意味していたのではないか。

となると、これは完全に詰将棋として意図されている。

犯人の悪意に思い当たって、寒気だった。

詰将棋を解かせるだけのために、あれだけの人間を殺したのだろうか。

それならば、犠牲者同士に関連性が見当たらないのも無理はない。

年齢と性別だけが必要だったからだ。

狂っている——水科はそう思った。

視界が歪む。思い切り叫びたい衝動に駆られる。

もう一度一覧表を眺めた。

最後に襲われた高倉は男性だから、本来なら残された将棋の駒は玉方ということになる。

5二の位置にはどんな駒が入ることになっていたのだろう。

水科は高倉純一が襲われたときの捜査会議のことを思い出した。駒になにも書かれていなかったという報告があった。将棋のプラ駒には表・裏に文字が彫られている。

玉と金だけは裏はなにも書かれずにツルツルしている。その二種類だけが敵陣(三段目)に進んでも成れない駒だからである。

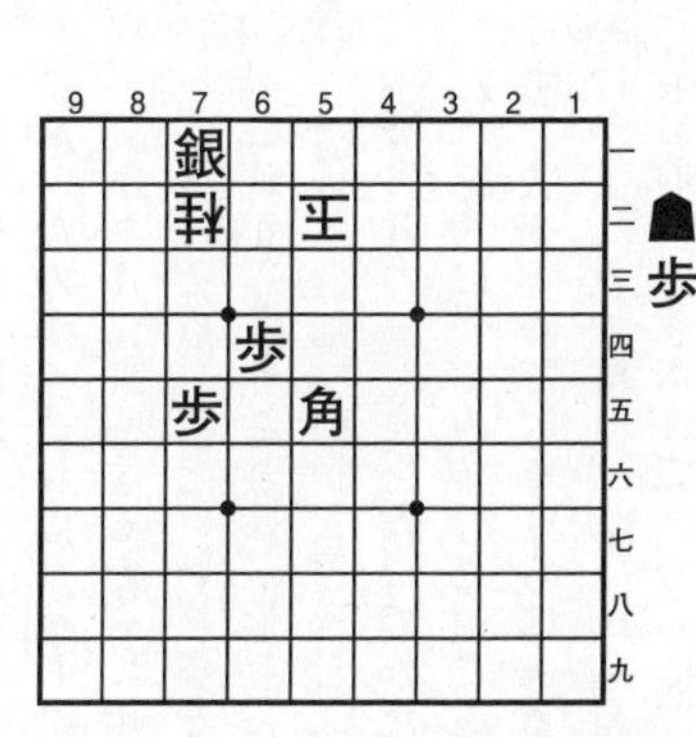

　だから、純一の駒は玉か金のどちらかになる。

しばらく考えてそれは玉だろうと判断した。詰将棋の配置として、５二玉のほうが自然だったからだ。

　５二に玉を追加してみると上の図になった。

しばらく考えて、これだけの駒の配置では詰将棋になっていないとわかった。

　他に攻め駒があれば、詰む形になる。

　頭の中で駒を追加して詰筋を想像する。

　たった一枚追加するだけで、詰将棋として成立することに気がついた。


　十月三十日朝、七時前。水科と佐田は公園にいた。

　昨夜思いついたことを上司に報告する前に、佐田にだけはいち早く知らせておきたかったからである。

　それに自分の考えが、説得力のある話かどうかも確かめておきたかった。

　いずれにしても佐田には最初に聞くだけの権利はあるだろう。

広い公園は誰かに話を聞かれる心配がないので、便利な場所だ。

佐田は朝には強いのか、すっきりとした顔で姿を現した。

水科は手を挙げ、ベンチを指さした。

「こんなに朝早くからすみません。どうしても佐田さんに聞いてもらいたいことがありまして」

「そんなことは気にしていないから。それよりも早くその話を聞きたいな」

佐田は目を輝かせて水科を見た。それからベンチに置いてある折りたたみの将棋盤に驚いたのか「それはどうしたの」と尋ねた。

「佐田さんに説明するために用意したんです」

水科はそう言うと、将棋盤を広げて、その上に駒箱を載せた。

「これから言うことは、信じられないかもしれませんけど、よく聞いてください」

水科は真剣な口調で言うと、印刷した被害者一覧表を佐田に渡した。

「被害者の一覧表を作ってみたんです。名前・年齢・性別・残された将棋の駒、そこだけを表にしてみました。ここからなにか共通点が見えてこないかなと思ったからです。表を眺めているうちにあることに気がつきました。一番目の犠牲者のツネさんだけが、二枚の駒で、あとの人は全員が一枚だけなんです。それにツネさんだけが手の中に歩を握らされている。で、気がつきました。歩は持駒ではないか。ということは何か詰将棋と関係があるのかもしれない。そう思ってあらためて表を見ているうちに閃いたんです。被害者の年齢が棋譜の記号と関係しているのでは――と」

水科はここで、将棋盤の上に、銀の駒を置いた。

「七十一歳のツネさんのポケットの中には銀が入っていました。だから7一のところに銀を置く。それから表にあるように年齢と残されていた将棋駒を並べると、こうなります」

水科は被害者に残されていた『歩、銀、歩、歩、桂、角』を駒箱から取り出した。

将棋の駒は事件で使われていたものと同じようなプラ駒だった。

佐田は、黙って並べられた将棋盤を見つめている。

「佐田さんは、詰将棋をご存じですか」

水科の質問に佐田は首を振った。

「子供の頃に、将棋はやったことはあるけど、定跡とか詰将棋はね。なんだか難しそうでさ」

水科は気を取り直して説明を始めた。

「簡単に言うと、王様を詰めるパズルみたいなものです。一番の特徴は正解は一つだけしか存在しないことですね」

そう言って水科は簡単な詰将棋を並べた。

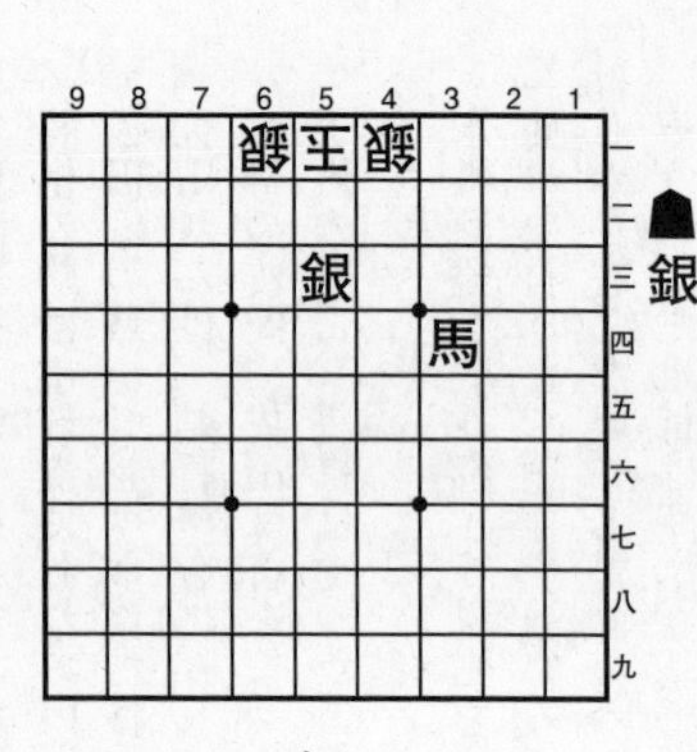

江戸時代に作られた有名な詰将棋で、作者は不明だ。一般的にこうしたものは『古作物（こさくもの）』と呼ばれている。

並べ終えると、水科は「詰みますか」というように佐田のほうを見た。

腕組みをしてしばらく考え込んでいた佐田だったが「馬で銀を取ると、王で取り返されて、上に逃げられそうだし、かといって銀を打ち込んでももう一歩でだめみたいなんだよ」と音を上げた。

そこで、水科は盤上の馬を王の頭、５二に置いた。

「こうすれば、どちらの銀で馬を取っても、銀を横から打てば、これで詰です」

「なるほど、うまい手があったものだ」と佐田は感心したように声を上げた。

「いろいろな王手があるのに、馬を捨てる手以外は詰まない。これが正解は一つだけという意味なんですよ。だからこそパズルとして成立しているわけです。これは簡単な作品ですけど、これからが本題です」

水科は先ほどの詰将棋を片付けると、もう一度駒を並べ直してから説明を続けた。

全て聞き終えた佐田は、驚愕のためか口を半開きにして盤上を見つめた。

「ミズちゃん、これは大変な発見だよ。とにかく今までわからなかった、将棋の駒がどうして殺人現場に残されているのかという疑問に説明がつく」

馬鹿馬鹿しいと一笑されることを覚悟していた水科は、ほっと安心のため息を漏らした。


港南署の大会議室に運ばれてきたものを見て、会場に集合した捜査員たちはヒソヒソ話を始めた。

配られた捜査資料を見て、首をひねる捜査員も多い。

いつもと違う雰囲気に次第に緊張感が高まっていく。

捜査一課長が手を叩いて、皆の注意を引くと「重大な報告があるから、皆真剣に聞いてくれ」と張りのある声で言った。

黒板の前には大きな将棋盤がかけられていた。テレビ中継などでプロ棋士の将棋対局の解説に使われるようなものだ。

水科が朝、佐田に話したことを、将棋盤を使って解説する。

最初に簡単な詰将棋について紹介してから、本題に入った。

「まず、左にある被害者の一覧表をご覧ください。重要なところには赤く枠線がついています」

水科はホワイトボードに書き込まれた一覧表を指示棒で示した。年齢と将棋の駒に太い赤線で囲いがしてある。

「一番のポイントは年齢と残されていた将棋の駒です。最初の被害者の植田ツネさん七十一歳、手の中に歩が一枚、ポケットに銀が一枚」

そこまで言ってから、水科は大盤の7一の場所に銀を置いた。

それから7二に桂馬、7五に歩、6四に歩、5二に玉を置いた。

水科は会場を見渡して、皆の反応をうかがった。

「要するに、被害者の年齢は将棋盤の位置座標を表しており、それぞれに持たされていた将棋の駒はその位置に置かれる。そんなことを考えたわけです。最初の被害者だけが手のひらに握らされていた歩は、持駒です。それから、この桂馬をご覧ください」

大盤の右端に一枚の歩を置き、指示棒で水科は7二に置かれた桂馬を指した。

「将棋をご存じの人はこの桂馬に違和感を覚えたと思います。なぜなら将棋のルールに、行き場のない駒は置けないというものがあるからです」

会場から「確かに……」とか「へえ」と言った言葉が聞こえた。

「本来ならこの桂馬はこうやって玉側の駒になるはずなんです」

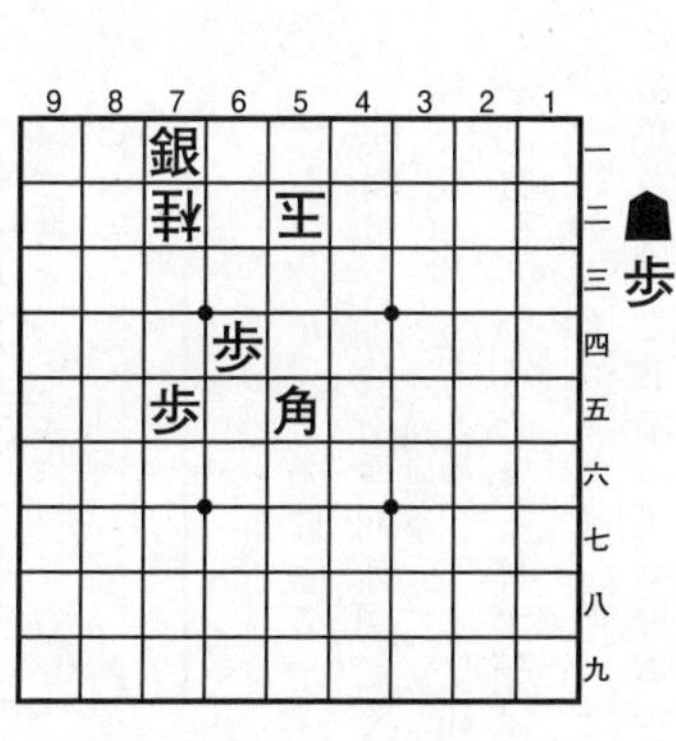

そう言うと、水科は桂馬の向きを変えた。

「この桂馬に重要な秘密が隠されていたのです。それを将棋には玉方と攻め方の二つがあります。それをどうやって判別するのか、それが桂馬によってわかりました。この被害者一覧を見ると、桂馬を持たされていた山口勇三さんは男性。だから、男性が持たされていた駒は玉側。女性被害者は攻め方というわけです。皆さんのご覧になっている図――これがなにを意味しているのか、私はこれは詰将棋を表しているのではと考えたわけです」

会議室が急にざわめいた。無理もない。

手で雑音を制すると水科は説明を続ける。

「詰将棋というのは王様を詰めるパズルみたいなものです。この局面ですが、これでは不完全で詰将棋になっていないのですが……」

と言うと、水科は4四に龍を配置した。

「こうすると、あまり難しい手順ではありませんが、確かに詰みます」

水科はわかりますかというように皆の顔を見回した。

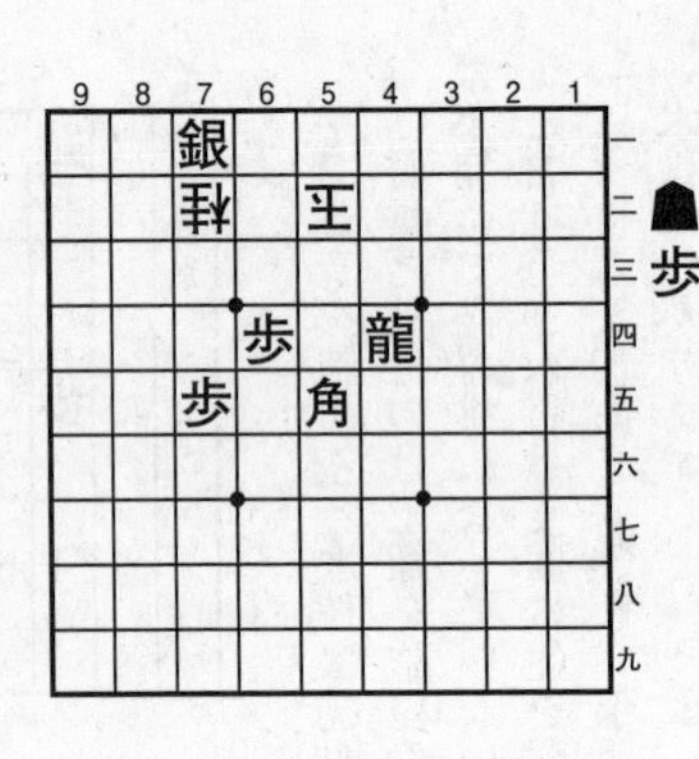

しばらくすると、徳山が挙手をし「6三に歩が成って、同玉、7三角成、同玉、7四龍までの五手詰みたいだな。だけど、持駒の歩が余るじゃないか、確か詰将棋というヤツは最後に駒を使い切って終わるものだろ」

「正解です。ご指摘の歩が余るというところが重大な意味を持っているんですよ。未遂に終わった高倉純一が本来持たされようとしていたのは、再調査で『一回り大きな裏がツルツルしていた駒』すなわち玉（王）だったことがわかっています。それよりも肝心なことは、どうして彼が殺されずに済んだのか、その理由です」

水科は将棋盤を最初の図に戻してから「高倉が未遂に終わった理由に気がついたのは、詰将棋を解いていておかしなところがあったからなんです」と話し始めた。

「詰将棋というのは正解手順は一つしかない、あと持駒が余らずに詰め上がるというのが絶対条件なんです。もっとも江戸時代の初期には駒余りも認められていたようですが。で、この詰将棋は持駒の歩が余るんですよね。ようするになくても詰むんです」

水科は将棋盤の玉を５二から５一へと動かした。

「王様が５二ではなくて、５一にあったとします。初手に王様の頭に歩を打つと、同玉と取るしかない。あとは徳山さんと同じ手順でピッタリ詰む。これなら歩も余らない。だから高倉純一が五十二歳というのは本当なんだろうかと思ったわけです」

「たった一歳とはいえ、確かにこれからの捜査には影響があるな。水科の筋読みだと被害者の年齢で犯人は犠牲者を選んでいるらしいからな。そこのところはどうなんだ」

課長は険しい表情になると、捜査員を見渡した。

日に焼けた中年の捜査員が挙手すると、立ち上がった。

「高倉純一の年齢については、本人から聞き取り調査をいたしました。それと免許証を確認いたしましたが、間違いなく五十二歳でありました」

発言後、席に座りながら何かを思い出したというふうに、また腰を上げた。

「そういえば、最近誕生日を迎えたばかりで、せっかくの誕生日祝いが台無しだなんて、言ってました。そうだ。現場にも誕生日おめでとうなんていう垂れ幕が残っていました」

すぐに、別の捜査員が捜査資料を片手に発言をした。

「高倉純一の誕生日は十月二十七日で、犯行のあった日は十月二十八日ですから、間違いないですね」

「それですよ。犯人は高倉を襲う前に、その誕生日祝いの垂れ幕に気がついて、それで五十二歳になったことを知ったんですよ。だから、途中で犯行を諦めて、これだけが未遂に終わったわけなんです」

「そうすると、犯人は高倉がまだ五十一歳だと思っていたというわけか」

水科は赤いペンで高倉純一の年齢欄の「52」の上に二重線を加えた。それから横に「51」と書き込んだ。

「だからこういうことだと思います。高倉純一が襲われたときは確かに五十二歳になっていましたが、実はその前日に誕生日を迎えていた。それは自宅にあった派手なくす玉に『誕生日おめでとう』と書かれていたことや、本人の発言からわかります。だから犯人は殺害するときに、被害者の純一が誕生日を迎えて、五十一歳から五十二歳へと変わってしまったことに気がついた。だからこそ、犯行途中で殺害を中止した。ようするに被害者が五十一歳でないと困る事情があったからです。本来の犯人の狙いはこうだったのです」

水科は並べられた局面を指し示した。それと同時に、唸るともため息とも聞こえる音が湧き起こった。

「なるほど、そういうことならどうして未遂で終わったのか説明はつくな。被害者と将棋の駒の関係は、将棋盤に置かれた駒を意味しているということか。だがなんのためにそんなことをしているんだ」

課長の発言に水科は苦い薬を飲んだときのように表情を曇らせた。

「たぶんこうだと思います。犯人は『詰将棋』を被害者で作るつもりなのです」

「おい、本当に犯人の狙いがそうだとしたら、次の被害者は五十一歳の男性ということになるがや」

徳山が大きな声を出した。

説明が終わると、会議室にはどよめきが湧き上がった。常軌を逸した動機に、信じられないというものと、バカバカしくて話にならない、そんな感情が交じり合ったものだった。

水科は質問を制するように片手を上げると大声を出した「実は、答えが詰め上がりにあるんです」

水科は詰将棋の正解手順を口に出しながら、最初から駒を動かしてみせた。

「5二歩、同玉、6三歩成、同玉、7三角成、同玉、7四龍、迄七手詰。で、この詰め上がりの形をご覧ください。縦一直線に並んでいるのがわかると思います」

会場から一際大きな声が上がった。将棋通の徳山のものだった。

「駒が縦に並んで1に見えるな」

「そうなんです。これは詰将棋用語で『曲詰（きょくづめ）』というんです。詰め上がりが1の文字

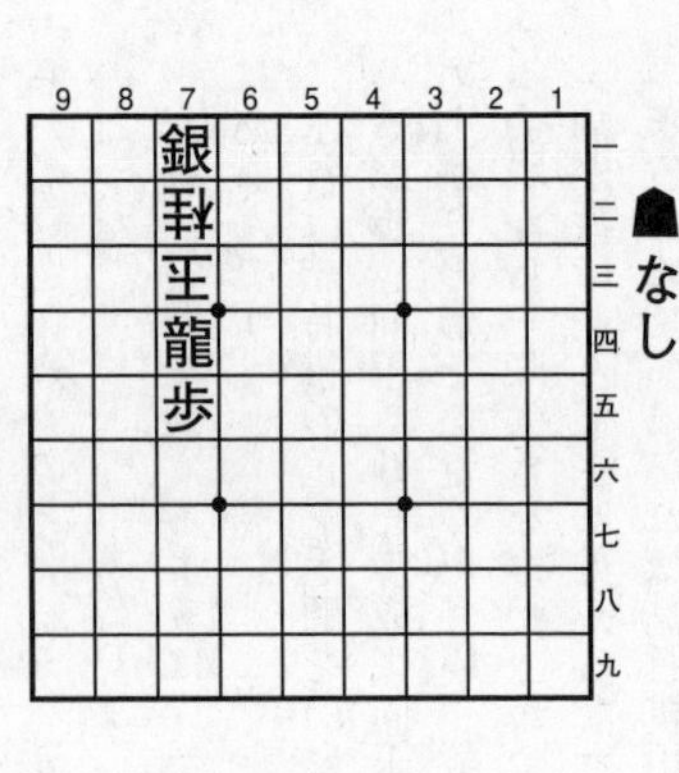

に見える、あぶり出しという趣向なんです」

徳山が挙手をすると、口を開いた。

「ということは、あと二人犠牲者が出るということだ。それも五十一歳の男性と、四十四歳の女性というわけだな。それとその『1』という浮かび上がった文字にどんな意味があるんだ」

きっと将棋でも早見えのするタイプなのだろう。徳山は水科の説明をきちんと理解しているようだ。

「文字については、それこそが犯人が伝えたかったことなのではないかと思うのですが。ちなみに「1」というペンネームの詰将棋作家がいたことは事実なんですが……」

「そちらも調べる必要があるが、一番に取り組むことは市民の安全だ。その条件に合う人間を全て保護したり護衛を付けたりするのは、とうてい無理な話だぞ。それに次に狙われる人間を公表したりしたら、それこそ街中がパニックになる」

管理官が腕組みをしたまま硬い表情で言った。

「一応、免許証から検索することも出来るが、南区に限ってもおそらく数千・数万規模になるだろう。免許を持っていない人もいることだし、管轄する役所がなんというか……」

課長はそう言うと、部下に指示を出した。

「最初に聞いたときには、非現実的な話だと感じたが。聞くに従って、そんなこともあり得るかもしれないと思えてきた。なるほど直前に年齢が変わったことに気がついてやめたというわけか、となると今度は確実に五十一歳の男性に的を絞ってくるな。だが、被疑者はいったいどうやって年齢を調べているんだ。とりあえず南区の住民で、五十一歳の男性、四十四歳の女性。これをリストアップすること。それから例の「1」という話は詰将棋に詳しい水科が捜査に当たれ。バカバカしいが今はその可能性を追うしかない。以上だ」

2　狙い

地下鉄覚王山（かくおうざん）駅を出てから、東に坂を下ると、末盛（すえもり）通二丁目の交差点がある。水科と佐田は『詰将棋ユートピア（通称詰トピア）』編集部へと向かっていた。

広小路通は交通量が多く、騒音と排気ガスに満ちている。

「このあたりは学生の街という雰囲気があるね」

佐田は行き交う人々や商店街を眺めながら、弾むような口調で言った。

「私の出た大学もありますけど、本山から八事にかけて、大学がいくつもあるからですよ」

水科が佐田のほうに顔を向けて言った。

「あのビルですよ。編集部があるのは」

交差点で信号待ちをしながら、水科は茶色の目立たないビルに向かって指さした。

「気になっていたんだけど、なんでミズちゃんは詰将棋に詳しいの」

「中学三年の頃にちょっと詰将棋にハマりまして。詰将棋創作の世界は意外と若い頃に取り憑かれる人が多いんですよ。女性でやっているのは珍しいのですが、本名で活動していたから、編集部の主幹以外は男性だと思っているようです」

そこまで言ったとき信号が変わり、水科は歩き出した。

ビルの中はひんやりとして静かだった。一階は喫茶店になっているが、それから上の階は賃貸マンションになっている。

エレベーターで四階に上がり、水科は突き当たりの部屋のインターフォンを鳴らした。

「学生の頃お世話になった水科です。電話でもお話ししましたが……」

水科が用件を言うと、しばらくするとドアが開いた。

鋼鉄製のドアから少し顔を覗かせた五十すぎの女性が水科の顔を見ると、表情を綻ばせる。それから後ろにいる佐田を眺め回した。

女性に案内されて部屋に入った。佐田は物珍しそうに室内を見ている。浮かない表情なのは彼がイメージしていた編集部とあまりに違っていたからだろう。

普通の部屋なのだ。住居兼編集部とでもいうのだろう。居間には六十代の痩せた男が座っていた。編集主幹の鶴本(つるもと)である。

愛知県警の機動隊隊長まで務めながらも、趣味の詰将棋好きが嵩じて警察を辞め『詰将棋ユートピア』を創刊したという変わった男だ。

伸びた背筋に鋭いまなざしは古武士を思わせる。

「水科君、ずいぶんと久しぶりだな。どうだいあれから元気にやっているのか」

佐田は驚いたように水科を見つめた。

「気ままにやらせてもらっています。それからこちらは港南署の佐田さんです。電話では簡単にお伝えしましたが、あの『イチ』さんのことで……」

水科の言葉に軽くうなずくと、鶴本は手を叩き「おーい」と言った。

すぐに先ほどの中年女性がお盆に三人分のお茶と茶菓子を載せて持ってくる。

鶴本は二人に茶を勧めると、すぐに話し始めた。

「ペンネームは算用数字の「1」。これはたぶん自分が一番だということから付けたんだろう。本名は矢場秀一。年は二十四歳、母一人子一人だったようだ。彼は天才的な詰将棋作家だったんだが、唯一弱点といえるのは、運のなさだったな。天運に欠けるというのか。塚本賞・宗看賞という二つのタイトルをいつでも取れるだけの実力がありながらも、なぜかいつも受賞を逃してしまう。今年こそはと力の入った長編趣向作品を発表すれば、類作を指摘される。一発屋というと言葉は悪いが、力は劣る作者の運よく出来た作品に横からかっさらわれる。

極めつきは最後の作品だった。もう誰が見ても今度だけは宗看賞間違いなしという下馬評だったのに、投票寸前で、余詰を指摘されて参考作品扱いになる。

こんなことを言ったらなんだけど、彼も少し傲慢なところがあって、そこがベテラン作家たちに良く思われなかったということもあるかもしれない。まあ、若くてあれだけの才能があるんだから、天狗になるのは無理もないけどな。

で、最後はそんなことが原因だったのかもしれないが、熱田区で服毒自殺してしまったというわけなんだ」

「えっ、彼は亡くなっていたんですか？」

水科はペンを持つ手を止めると、鶴本の顔を凝視した。

「そうか、君は知らなかったのか。追悼記事では自殺と書くわけにもいかないから、その点はあいまいにしておいたんだが」

「自殺はいつ頃のことだったのでしょうか」

「もう二年になるな。実家のお母さんから連絡があって、それから二ヶ月くらい経った頃だったかな。確か宗看賞の発表が七月にあって、こちらもビックリしたというわけさ。それから熱田署のほうからも簡単な問い合わせがあったから、そのいきさつは報告しておいた。その後なにも連絡はないが、自殺という判断だったのだろう」

「自殺の原因はその作品が受賞出来なかったことなんでしょうか」

「多少はあるかもしれない。話はもっと深刻なものだったんだよ。本人から聞いた話なんだが、それ以来作品が出来なくなったというんだ。なんだか今まで乗れていた自転車が急に乗れなくなったみたいに、どうやって詰将棋を作っていたんだろうというほど、すっかり出来なくなった、いや作り方さえも忘れてしまったらしいんだ。もうすっかりしょげかえっていたよ」

部屋の中に重苦しい空気が漂う。茶菓子に手を出すのがためらわれるほどだった。

「作品が出来ない、それは本当に苦しかったでしょうね」

小型ノートを握りしめた佐田が自分のことのように言った。

「それで、そのイチさんのお母さんの連絡先を教えてもらえませんか」

　水科の言葉に、鶴本はまた手を叩いた。すぐに中年女性が一枚の紙切れを持ってきた。

「ここにお母さんの連絡先と、当時イチ君が住んでいた天白区のアパートの住所が書いてある」

「そういえば、彼が亡くなってからおかしなことがあったんだ」

　ガラス戸のついた書棚に近づいた鶴本は「母さん、あれはどこへやったかな。イチ君の作品集を出そうとしたときに来た書類」と大声で言った。

　やがて一枚の紙を手にして鶴本は戻ってきた。

「実は、彼が亡くなってから、追悼に作品集を出そうと計画して、彼が発表した作品を集めたんだ。詰トピアでもその宣伝を載せていたら、この紙が内容証明付きで来た。うさんくさい名前の会社だけど、どうやらイチ君の著作物全てがそこに譲与されているというんだ。だから、勝手に作品集を作ることはまかりならんというわけさ。おかしなこともあるもんだなとイチ君のお母さんに連絡を取ると、その話は本当だというんだ。彼の著作権、創作ノート類・将棋盤や駒、それらをいっさい含めて、二百万円で譲り渡したらしい。契約書にもサインをしたというから、もうこちらにはどうしようもなくて、結局、作品集の話は実現出来なかった。

　まあお母さんからしたら、息子がこんなことになったのは詰将棋のせいだという恨みもあったろうし、嫌な思い出が残っているものは全て処分したいということもあったのだろう」

　水科と佐田はお互いの顔を見合わせた。

「昔なら、著作権とか無視して出せたんでしょうけど、いまはいろいろとうるさいですからね」

「そうなんだ。時代が変わったというか、愛好者が集まってわいわいやっている頃だったら、誰も文句を言わなかったものだが……」

「なにかの手がかりになるようなら、この書類をコピーさせようか。実は勝手に著作権だの、創作ノートだのと持っていかれて、こちらも少し腹を立てているんだ」

「是非お願いします」水科が言うと、鶴本の妻がやって来て、書類を持っていった。

「それにしても、詰将棋の世界というのは凄いものですね。水科さんからちょっと聞きかじっただけですけど、こんな何百手もの作品をどうやって作るんですか？　作者の頭の中を見てみたいものですよ」

　佐田は、テーブルの横に置いてあった詰トピアのバックナンバーを勝手に開いて感心したように言った。

「詰将棋というのは、最初は将棋の終盤の手筋を練習するための問題だったのだが、次第に独自の世界を創り上げてね。私なんかは詰将棋は一種の芸術だと思っているんだ。週刊誌やスポーツ新聞に載っているような、なんとか八段の詰将棋とは違う、香気あふれる作品だってあるんだよ。こと詰将棋に関しては、アマの作家のほうがよほどプロ級の腕前なんだが。もっとも詰将棋のマニアはお金にならない、得るのは名誉だけという純粋なところに魅力を感じる人も多いんだ。よかったら無料でそれをあげるから、持っていくといい」

佐田は、両手で雑誌を顔の上にあげて「では、ありがたく」と言った。

「ところで、主幹はこの事件をどう思われます？　あまりに非現実的で自分で言い出したことなのに、信じられないんですよ」

水科の問いかけに、鶴本は先ほどまで見せていた柔和な表情を引き締めた。

事件については上司に許可を取って、必要最低限の情報を主幹に電話で話してある。元警察官だから外部に情報を漏らすことはないだろうという判断だ。

「事件については部外者だからとやかく言うべきじゃないだろう。ただ、この詰将棋だが、たいしたものではないな。詰トピアだったら、初心者用のコーナーにだって採用されないレベルだ。最終手、同玉と取ってくれれば「1」という詰め上がりになるが、５二玉と逃げたら６二馬で詰みだが、１にはならないだろ」

「それは私も思いました。いわゆる曲詰の『詰上りの絶対性』というものですよね。最後は玉方がどうやっても字が現れるように作るというのが理想なんですよ」

水科は佐田の顔を見ながら説明した。

詰将棋には、指し将棋をやっている人にもわからないような専門用語が多い。どこの世界にもあることなのだが、詰将棋というのは単に相手の玉を詰めればそれだけでいいというわけでもなく、将棋愛好家にはどうでもいいような独自のルールが存在している。いってみれば暗黙の了解というヤツだ。

そんなところが一般に受け入れられずに、マニアだけが愉(たの)しんでいるように世間からは思われるのだろう。

「ということは、犯人はあまり詰将棋を作るのが上手くないということですか?」

佐田は二人に尋ねた。

「まあ、これを犯人が作ったというのなら、そうだな。作図能力はあまりないな」

「主幹の意見に賛成ですね。だけどどこの作品、余詰がないんですよね。だから素人というわけでもなさそうです。詰将棋はたった一つの詰め方しか許されないんですよ。だから他の詰め方があると余詰といって、どんな傑作であろうとも作品としては認められないんです」

「そこが詰将棋のキビシイところでもあり、芸術と呼ばれるゆえんでもある。そうした純粋性がマニアを惹きつけるわけだ。だから、ちょっとしたキズでも許せない、そんな人間が多いのさ。イチ君の最後の作品だって、宗看賞が決まる寸前に、余詰の指摘があって、それであれだけの作品でも存在しなかったことになる。そんな過酷な世界なんだよ。詰将棋創作専門もいれば、解答するのが専門という人もいる。で、なかには作品を解くのを作者との対決みたいに思い込む解答者もいるんだな。それに作品の余詰を見つけて、それをツブすことに生き甲斐を見つける人間もいる。楽しみ方は様々とはいえ、詰将棋の世界も普通の社会と同じでイヤなところもある。雑誌の名前はユートピアだが、残念なことに詰将棋界は楽園というわけではない。雑誌を出すことだってこれでなかなか大変なんだ。うちには後援者がいて、経済的なバックアップをしてくれているから助かっているんだが」

鶴本の言葉に、水科は嫌な思い出がよみがえってきて顔をしかめた。

「確かに、この短評を見ても、かなり厳しいことを言う人もいますね。『新味なし』『駄作』こんな言葉を言われたら、僕だったら耐えられませんよ。でも自分の作品が掲載されて、いろんな人から評価を受けるのは嬉しいでしょうね」

雑誌をめくりながら佐田は楽しそうに言った。

「そんな読者がいるからこんなことも続けられるというわけだ。そこの水科君だって、かなり異質な作品を発表して、将来を期待されたもんだ。それに女性で詰将棋を作る人間はほとんどいないしな。貴重な存在だったんだが。今はやっていないようで残念だよ」

昔のことをいわれた水科は俯いた。佐田はうらやましそうに水科を見ている。

「ところで、鶴本さんは、犯人の動機についてはどう思われますか。私たちの先輩として一つご意見をお伺いしたいと思います」

　佐田の質問に、鶴本はあごをなでながら「動機ねえ」と呟いた。

「そういえば、思い出したことがある。イチ君に余詰の指摘があったと教えたあとに、聞かれたことがあるんだ。余詰を指摘してきた人間は誰かって。もちろん『そうした質問には答えられない』と言ったんだが、なにか納得していなかったようだったな。それに余詰を指摘した人間が誰かというのは、こちらも答えられなかった。というのもあれは匿名で送られてきたからだ。ペンネームは『詰一』だったかな。住所は記載されていなかったから、これは冷やかしかなとも思ったが、余詰の手順は本当に成立していたから、『読者サロン』に掲載せざるを得なかったんだ」

「イチさんはその指摘してきた人間を捜そうとしていたんですかね」

「そういうことだろうな。そのときにはよほど悔しかったんだろうと思っただけだが。『詰一』という人間はあれは相当出来る人間だと思ったな。余詰が成立するかどうか検討した人間が感心してたほどで、予想だにしないほどの巧妙な手を見つけるのは、かなり特異なセンスの持ち主だと言っていた。なにしろ余詰順だけ取り出してもりっぱな詰将棋が出来そうだったからな。

部外者がとやかく言うことではないんだが、殺人の動機として考えられるのは、大きな事件を起こして、イチ君を有名にしようとしたのか、それとも彼をそんな目に遭わせた『詰一』を世間に引きずり出そうとしたのか、いずれにしても、そんなバカな話を考え出すのは頭のネジが何本も吹き飛んでいるんだろう」

「あぶり出し詰将棋で『詰一』を世間にあぶり出す……」

それまで黙っていた水科が驚いたように呟いた。顔色は悪く、唇をきつく結んでいる。

皆の視線を感じた水科はあわてたように目の前で手を振った。

「水科君、犯人の目的はその余詰を指摘してきた人間を世間に晒し出すことだというのかね。そりゃ、こんな大事件が起きれば、世間の注目を浴びることになるだろうけど」

そこまで言った鶴本は、何かを思い出したというように、傍らに置いた雑誌のページをめくった。

「佐田君とかいったね。この事件が最初に起きたのはいつだったんだ？」

「えーと。九月八日金曜日、死亡推定時刻は朝六時頃です」

「やっぱりな。イチ君が自殺したのも九月八日。ちょうど二年前のことだ。この追悼記事にそう載っているから間違いない」

「ということは、やっぱりこの事件はイチこと矢場秀一と深い関係がありそうですね」

水科は刑事らしい面構えになって、佐田と顔を見合わせた。

編集部から出ると、水科はさっそく報告を入れた。

「係長がすぐに矢場秀一の母親から事情を聞いてこい、とのことです」

「で、母親はどこに住んでいるの」

「知多のほうです。ということは名鉄が早いですね。ここからだと金山で乗り換えということになります」

3　紛れ

矢場秀一の母親は定食屋で働いているという情報が入った。店は知多市にある新舞子駅のそばにあるらしい。

水科と佐田は地下鉄を使うことにした。覚王山駅から栄で乗り換え、金山駅から今度は名鉄常滑線に乗り換える。

タイミングよく準急が到着した。午後一時を過ぎていたので、車内は空いている。

佐田は手提げカバンから雑誌を取り出すと、ていねいにそれを見ている。

編集部から帰るときに、佐田はタダでもらったものを見ているうちに興味が湧いたらしく、鶴本から雑誌のバックナンバーを十冊ほど購入していた。といっても薄い雑誌なので、さほど邪魔にならない。

「詰将棋のことはよくわからないんだけど。この雑誌は手作り感というのかな。この読者サロンとか読むと、自由な誌風でいいよね。裏表紙も有効活用しているところが徹底しているね」

水科の視線を意識したのか佐田は顔を上げ、雑誌を指さして言った。

雑誌の裏表紙には主幹の日誌というのか、編集部に誰が訪問してきたとか、雑多なことが書いてある。

自分の名前も裏表紙に出ていたことがあったな、と水科は懐かしく思った。警察官を拝命したときに「私の後輩になるらしい」と書かれていた。

とたんに胸の奥で静電気に触れたような痛みが走る。

なんだろうこの感覚は——と考えていると、駅のアナウンスが聞こえてきた。

駅から出て、十分ほど南に歩くと、昔風の定食屋があった。ショーケースに総菜や定食類が並んでいるような店だ。

午後二時を回っていたので、店は準備中になっていた。

店に入ると、厨房にいた中年男性が「お昼は終わったよ」と威勢よく言った。

「こちらで働いている女性で矢場聡美さんはいらっしゃいますか」

水科の質問に、割烹着姿で後片付けをしていた女性が顔を上げた。

「私ですけど。なんでしょうか」

彼女は布巾を手に持ったまま落ち着かない表情で水科たちを見つめた。痩せて所帯じみた女性だ。捜査本部からの情報によると、年齢は五十三歳で、亭主は十年前にガンで亡くなっている。

「愛知県警の者です。矢場秀一君のお母さんですよね。実は彼のことでお聞きしたいことがありまして」

「秀一は二年前に亡くなっていますけど。今さらなんですか。自殺という結論だったんでしょ」

聡美は警察にいい感情を持っていないようだ。

「聡美ちゃん。それだったら、刑事さんたちも立っていないで、座って話したらどうだい。俺は裏で仕込みをしているから」

店主であるらしい中年男性はそう言うと、裏口から出ていった。

聡美がしぶしぶというふうに手近な椅子に腰掛けたので、二人も腰を下ろした。

「で、何を聞きたいんです。あの子も変なものに夢中にならなかったら、今頃は普通の生活を送っていたかもしれないのに」

「で、秀一さんが亡くなったあとに、創作物をいっさい処分されたということですが、どのような状況だったんでしょうかね」

水科は手帳を取り出してから、聡美に尋ねた。

「そのことですか。確かに男性が訪ねてきて秀一のものを全て譲ってくれないかと言われましたよ。あんなもののどこに価値があるかは知りませんけど。葬式は出さなければいけないしで、なにかと物入りだったので、一切合切渡しました。しかも現金だったんですよ。それとは別に香典もたっぷり頂きましたし」

「具体的には、どんなものだったんでしょうか」

「詰将棋なんたらとかいう雑誌や将棋の本、それとノートが十冊近くあったかしら。二つ折りの将棋盤や将棋の駒。そんなのもあったかしらね。音楽ＣＤとか小説類は不要というので、そのまま私が古本屋に持っていきましたけど。そういえば、将棋関係のものばっかりだったわ。あとで問題になるといけないというので、契約書にもサインしたけど」

将棋の駒という言葉に水科の目が一瞬鋭くなった。

「その将棋の駒というのはどんなものだったんでしょうか」

「プラスチックの物と、それとは別に高そうな、そうそう黄楊とかいったかしら、木製のものと、二つありましたよ」

「プラスチックのものはクリーム色でしたか」

「確か、そんな感じだったわね。なんでもふだんはプラスチックのほうを使うんだと秀一は言ってましたよ」

「お子さんは遺書を残されていたんですよね」

「私は自殺なんてする子じゃないと言ったんですけど、それが決め手になって。警察の人が見せてくれたんですけど、確かに息子の字だったんです。何年も離れて暮らしていたから、息子が抱いていた悩みにも気がつけなくて。でも、そんな様子はなかったんですよ」

「契約書を交わしたと言いましたよね。それは今でもお持ちですか。ちょっと拝見したいんですが」

「探せばあると思いますよ。よかったらここに持ってきましょうか」

「そうしていただけるとありがたいのですが」

「すぐに家に戻って取ってきます。自転車で十分くらいのところだから、ここで待っていてください」

聡美はそう言うと、裏口に向かった。

水科がそっと様子をうかがうと、聡美が店主と二言三言会話をしたあとに、自転車のスタンドを外すのが見えた。

「彼女に変わった様子は見られませんでしたね」

水科の言葉に佐田はうなずいた。彼女がこのまま逃げ出すということはなさそうだ。

「聡美ちゃんの息子は自殺じゃなかったのかい」

店主は裏口から入ってくると、そう言った。好奇心というよりは聡美のことを心配しているというふうだ。彼はコップを片手に水科たちの前に来ると「戻るまで、ここでゆっくりしていってくださいよ」と言って腰を下ろした。

二人は、再び椅子に座った。

「ご主人、この店の営業時間は昼は十一時から二時まで、夕方は五時から十時まででですね」

佐田は壁に貼り出してある営業時間表を見ながら言った。

「ああ、そうだよ。定休日は月曜日。聡美ちゃんは朝十一時前に来て、昼からは家に帰って、また五時前に来て、閉店まで働いてもらっているよ。あれだろ。アリバイとかいうものだろ。毎日間違いなく時間どおりに来ているよ。ここはタイムレコーダーなんて気の利いた物はないけど、俺が帳面に付けているから間違いないさ。ひょっとして南区の連続殺人の件かい」

「そんなことはありませんよ。こういうのは形式的に誰にでも聞くことですから。でもよければその帳面を見せてもらえますか」

顔の前で手を振りながら佐田は答えた。水科は素早く立ち上がって、店主に頭を下げた。

帳面というのは子供が使うような学習ノートだった。意外と几帳面な文字で、日付と出勤・退出時間が書いてある。横に残とあるのは残業時間なのだろう。

犯行が始まる以前から調べたが、後から改ざんしたような跡は見られなかった。

植田ツネの殺害時刻は金曜日の朝、六時頃。高倉純江は土曜日の夜、十時頃。金山美保は日曜日の夜、七時から八時。山口勇三は火曜日の朝、七時頃。福江佐和子は水曜日の午後二時から三時。

こうしてみると、高倉と金山の場合はアリバイが成立している。他の犠牲者の場合は、実行は可能だが、名古屋市南区と知多市では自動車でも使わないとかなり難しい。

水科は手帳を閉じると、そう思った。

聡美が自動車を運転出来るかは署で調べればすぐにわかる。

水科の表情を読んだのか、店主は「彼女は、運転免許を持っていないよ。ここで採用するときに聞いたし、もっぱらケッタ・マシーンだけだよ」と質問を先取りする。

「とにかく、人を見たら疑うのが商売なものでして、因果なものです」

佐田が頭に手をやりそう言うと、店主はビールを一口飲んで「お互い大変だよな」と笑った。

三人で雑談をしていると、聡美が戻ってきた。額の汗をぬぐうと、水科の前に事務用封筒を差し出した。

「契約書の控えと警察から戻ってきた遺書が入っています。そこのコンビニでコピーを取ってきたけど、それでいいですか」と尋ねた。

水科は中身を確認すると「それじゃ、コピーのほうを頂いていいですか」と言った。

うなずいた聡美は「警察には言わなかったけど、秀一が亡くなってから、若い女性が訪ねてきたんですよ。焼香させてくれって」

「それって、秀一君の恋人とかですかね」

「私は知らなかったけれど、話を聞くと、二、三ヶ月前に二人は知り合って、付き合っていたというんです。急に連絡がつかなくなったからおかしいなと思ったら、自殺したと知って、わざわざ自宅まで来てくれたということなんだけど。そんな人がいてどうして息子が死のうなんて思うんですか」

「そうだとすると、その女性から詳しく話を聞かないといけませんね」

「名刺があるので、よかったらそのまま持っていってください。あなたたちなら信用出来そうだから言いますけど、もう一度しっかりと息子のことを調べてください」

聡美はそう言って、財布から一枚の名刺を取り出した。

社名の入った平凡な名刺だった。「森下設計　三村優奈」とある。

勤務先は昭和区八事にあった。

「貴重な情報をありがとうございます。最善を尽くしますので」

ドアから出て、水科が振り返ると、店主は手を挙げて、聡美は深くお辞儀をしているのが目に入った。

二人は駅に向かって歩きながら、携帯電話をかけて上からの指示を仰いだ。

その足で、今度は秀一の恋人と思われる「三村優奈」に聞き込みをすることになった。

「どうやら母親はこの事件には関係ないようですね」

水科が携帯電話をしまいながら、佐田のほうに顔を向けて話しかけた。

「殺人をするような女性には思えないね。だいいちアリバイがあるからさ。それに詰将棋とはなんの関係もない、普通のおばさんだね。さっき雑誌を読んだけど、女性の詰将棋投稿者は本当に見かけなかった。ミズちゃんが特別なんだろうね」

なるほど、それで雑誌を読んでいたのかと水科は感心した。

「女流棋士とかは詰将棋を作る人もいるらしいけど。私がやっていた頃には女性らしき人は見かけませんでした」

「ということは、これから会う三村さんも詰将棋とは関係がない可能性が高そうですね。なんだかいっこうに犯人の明確な動機がつかめません」

「ミズちゃん。詰将棋というのは誰でも思いつくような手ではなくて、意外な手順で解決するんでしょ。だったらこの事件もそうした意外な決め手があるんじゃないかと思っているんだ」

佐田は水科の顔を覗き込むようにして言った。

三村優奈の会社は昭和区にある八事日赤病院の近くにあった。金山から地下鉄名城線に乗り換え八事日赤駅で降りるとすぐだ。

午後五時を少し回っていた。そろそろ日が暮れる時刻だ。三村が退社してしまうとやっかいなので、自然と二人の足は速くなる。

山手グリーンロードを北に行き、交差点を過ぎると、三村の会社があった。

小さなビルだった。看板を見ると三階が「森下設計」らしい。

ドアを開け、水科は「三村優奈さんはいらっしゃいますか」と声をかけた。

入り口の奥に座っていた小太りの女性が振り返ると「私ですけど」と甲高い声を出した。

「愛知県警のものですが、亡くなった矢場秀一さんをご存じですよね」と水科は尋ねた。

「はい、知っていますけど。彼がどうしたんです。あれからなにかあったんですか」

戸惑ったようなしぐさで水科を見たが、すぐに隣にいる佐田に気がついたのか、目を大きく見開いた。

「実は、彼についてお聞きしたいことがありまして。会社ではご迷惑かと思いますので、退社後にどこか都合のいい場所で……」

「わかりました。すぐに仕事を片付けますから、外で待っていてもらえますか」

彼女はそう言うと、腕時計をチラリと見た。それから窓際に座っている中年男性のほうに歩いていった。

二人はいったん外に出て、歩道で待機した。

しばらくすると、階段のほうから弾むようなハイヒールの音が聞こえてきた。

「刑事さんのおかげで、今日は定時で帰れます」

着替えてきたのか、三村は明るい色のワンピースにピンク色のカーディガンをはおっている。

「立ち話もなんですから、どこかコーヒーでも飲みながらどうですか」

水科の誘いに、三村は「すぐ近くに喫茶店があるけど、あそこは高いから、杁中(いりなか)に行く途中にちょうどいいところがありますよ」と答え、そのまま二人を案内するように歩き始めた。

交差点を西に下っていくと、学生向きのこじんまりとした喫茶店がある。

三村は慣れた様子で、喫茶店のドアを開けた。

六時前という時間もあって、店は空いていた。隅のテーブルで軽食を取っているカップルがいるだけだった。

店内は静かなジャズが流れている。

それぞれが飲み物を注文すると、水科が「矢場秀一さんとはお付き合いされていたんですよね。実は彼のお母さんからそんなことをお聞きしたので」とさっそく尋ねた。

「ええ、何回か食事に行ったり、映画を見たりしましたよ。仕事の関係でちょっとした強度計算を頼んだのが、彼だったんです。確か所長が伝手をたどって探し出したのかな。その頃はやけに忙しいときで、いつも頼む人に断られて。普通はメールでやり取りするんですけど、彼はインターネットをやっていなくて、私が計算書を取りに行ったことで知り合ったんです。だから自殺したなんて信じられなくて、やけに電話がないなと思っていたら、知り合いからそれを聞いて、実家のほうにお邪魔したんです。お母さんにも話をしたんですが、自殺の動機が思い当たらないんですよ。だけどあれから二年も経っているのに、いったいどうしたんですか」

「ちょっといろいろありまして。矢場秀一さんが詰将棋作家で、死ぬ前、創作に行き詰まっていたということはご存じでしたよね」

「なんですか。その詰将棋作家というのは、そんなことはまるで知りませんけど」

意外な答えに水科は目を丸くした。

ちょうどそこに飲み物が運ばれてきた。

佐田はカバンから雑誌を何冊も取り出して、あわただしくページをめくっている。

三村が紅茶を一口飲んだところで、佐田は切り出した。

「この雑誌を見てもらえますか」

佐田が差し出した雑誌のページには集合写真が載っていた。初老の男性から二十代の若者まで五人ほどが並んで写っていた。

「あら、真ん中にいるのは、秀一さんですよね。どこで撮ったんですか」

雑誌を手に取り、顔に近づけてから、三村は言った。

「それは四年ほど前に詰将棋の大会があって、そのときの記念写真です。彼は本当に詰将棋のことはなにも言わなかったんですか。イチという名前の有名な詰将棋作家だったらしいんですが」

「イチなんて聞いたことありません。将棋のことは知りませんが、そういえばこれからはもっと人生を愉しむんだとか言ってましたよ。それまでは一つのことに囚われすぎていたとか。それに経済的にも援助してもらっていたけど、これからは独立するなんてことも。だからさっきも言いましたけど、自殺する動機がないんです」

「おかしいな。そういえば三村さんは矢場秀一さんの部屋に行ったことはありますか」

「彼が、部屋を見られるのが恥ずかしいというので、それはなかったですね。アパート近くの喫茶店で仕事の打ち合わせや待ち合わせすることがほとんどでした」

水科は腕を組んで考え込んだ。どうやら矢場は自分が詰将棋作家だということを隠していたらしい。付き合い始めたのが、彼が創作に絶望していた頃だったからなのだろう。

「三村さんが矢場さんと付き合いだしたのは、二年前の夏の頃ですかね」

「あれは、梅雨明け頃だったかな。お盆休みには彼と毎日過ごしていたから。そうですね。七月ぐらいですね。たった二ヶ月くらいのお付き合いだったんですね。いまは恋をしている暇がないので、彼のことは忘れそうになっていたんですよ」

三村はぺろりと舌を出して笑った。

あっけらかんとした様子に水科も思わず笑ってしまった。どうやら本当に矢場が詰将棋作家だということは知らないらしい。

彼女の態度からは、矢場が自殺した原因である『詰一』をあぶり出すとか、復讐するとか、そんなことは微塵も見えない。

「三村さんのお仕事は、朝は何時からなんですか」

佐田は何げなく、話のついでというように尋ねた。

「うちは、朝八時半からです。午後五時半に終わるんですけど。ここのところ残業が多いんですよ。今日は特別。それから休みは土日です」

タイム・レコーダーを調べればアリバイを確認出来るのだが、そこまでやる必要はなさそうだ。

「そういえば、南区の連続殺人犯まだ捕まらないんですか。私、怖くて」

「大丈夫。必ず犯人は捕まえます。どうせ私たちも地下鉄で帰るところですから一緒に行きましょう」

「ひょっとして秀一さんとその殺人鬼は関係しているんですか」

「どんな情報でも裏付け調査をするのが、基本ですから。こうやって関係なさそうなことでも調べて回ることになっているんです」

三村はなにかを思い出すように小首をかしげた。

「いま思い出したんですけど。秀一さんが言っていたことがありました。なんでもストーカーにつきまとわれて困っているって」

「彼がストーカーにですか。それで具体的にはどんな話だったんです」

水科は身を乗り出して尋ねた。

「お世話になっている人がいて、そこに相談したら、ストーカー被害がなくなった。そんなことを言っていました。そのストーカーがどんな人間だったのかは口に出さなかったのでわからないんですよね。彼って結構頼りなげなところがあって、なんだか放っておけないそんな雰囲気があるんですよ。だから、ストーカーは女性だとは思うんですが、ひょっとしたら男ってこともあるかも」

佐田は雑誌の写真を見ながら「守ってやりたい、そんな感じがありますよ」と呟いた。

二人は地下鉄杁中駅まで三村を送り届けると、駅舎内で彼女と別れた。

捜査会議の席上で課長が水科たちの報告をまとめた。

「本名は矢場秀一、詰将棋作家としては1というペンネームで活躍していた二十四歳の男が自殺した。その動機とされるのは『宗看賞』に落選し、そのショックで作品が作れなくなったことである。で、その原因となった『詰一』という人間をあぶり出すために、殺人を行っていたというわけか。

とてもじゃないが信じられない話だな。それで本人は亡くなっているから、誰かが彼のかわりに復讐を実行していると。まず母親の聡美だが、動機はあるとしてもいくつかの件でアリバイがあり、実行は不可能。これは裏付けは取れているんだな」

「はい。自動車の運転免許を取っていないことは、交通課のほうで調べがついております。電車は始発と終電の関係で無理だと思われます。知多市で生まれて外には出たことがないので、南区の土地勘もないでしょうし。店主の付けていた勤務表は改ざんしたような跡はありませんでした」

水科はキビキビとした口調で報告をした。

「そうか。次は矢場が付き合っていたという女性だが、こちらは彼が詰将棋をやっていたこと自体、知らなかったと言うんだな。自殺を知って、母親のところに焼香に行ったというわけか。アリバイ確認はまだなんだな？」

「必要とあれば、明日にでも確認出来ると思います」

「二ヶ月そこらの付き合いで、そんなことをするとも思えないが、念のために確認だけはしておいてくれ。あとはストーカーがいたという話だが、詳しいことはわからないんだな」

「今のところは三村優奈の証言だけですので、なんともいえません。矢場秀一の周辺を洗い出せば、ストーカーが実際にいたのか判明すると思われます」

「よし、そちらは継続してやってもらう。それから矢場の自殺についてはどうなっている」

「矢場秀一、当時二十四歳は今から二年前の九月八日に熱田区白鳥（しろとり）公園内で死んでいるのを発見されています。死亡時刻は深夜十一時から一時頃。死因は農薬パラチオンを入れた缶コーヒーを服毒したことによる呼吸停止。現場には遺書が残されており『創作が出来なくなった。お世話になった人には申し訳ないことをした』というような内容だった。母親によると確かに本人の自筆に間違いないこと。担当した人間は関係者から創作に行き詰まっていたことを確認したことから、自殺だと判断したということです」

水科が挙手をして補足説明をした。

「その自殺した九月八日ですが。ちょうど一連の犯行が始まったのが、まさにその日の朝だったことから、矢場秀一の自殺との関連性があるのではないかと考えられます。一言補足しておくと『宗看賞』というのはその年で最高の詰将棋作品に与えられる賞で、それを受賞すれば一流作家と認められる名誉あるものです」

「彼の命日から犯行が始まったというわけか。ようするにその自殺が引き金になっているということだな。それにしても、どうして二年後だったのだろう」

課長の疑問に、あたりは静まりかえった。

※

殺人者は焦っていた。代わりのターゲットがなかなか見つからないのだ。

今まで簡単に入手できた情報だったが、最近はシステムが変わって近づけないでいる。

それにあの失敗が尾を引いて、確実なものでないと怖くてしかたない。

珍しく携帯電話にメールが来ていた。

「明日はいい天気のようだね」

たったこれだけのものだが、用件はわかる。明日あのビルに来いということだ。


三階建ての古いビルの近くに自転車を駐めて、あたりに通行人がいないことを確かめる。角にあるタバコ屋にヒマそうな婆さんがいるだけだ。

ビルに用事があるようなそぶりで入り口から入る。階段で三階まで上り、奥の部屋のドアを開ける。鍵はいつものように掛かっていなかった。

奥に置かれたスチール製の机にむき出しの薄いコピー用紙の束が置いてある。

手に取ると、地元高校の同窓会名簿をコピーしたものだ。昭和四十二年度卒業とある。用紙にはクラス別に名前と住所がそれぞれ書いてある。

そうか、これなら次のターゲットを簡単に絞り込める。

だが、一つ問題があった。今は十月の終わりだ、誕生日が来ていたらどうしよう。

詳しい生年月日までは書いてない。

部屋に戻り、テレビをぼんやりと見ているうちに、アイデアが閃いた。

NTTが毎年届けてくるハローページの個人名編を使えばいいのではないか。名簿と南区の個人電話帳を見比べて共通する名前を選び、数の多いものは捨て、一人か二人だけの人間を拾い上げる。

同窓会の幹事の名前が名簿の後ろに書いてあったから、それをそのまま使わせてもらうことにする。

年末に同窓会を企画していて、その手伝いを頼みたいとか、そんな口実でかければ、おかしくはないはずだ。

電話を四本かけて、ちょうどいい獲物を二人見つけた。直接誕生日を聞けば、怪しまれることもあるだろうが、星座を尋ねれば、気取られることはない。

同窓会の企画で使いたいからと星座を聞いた。

ターゲットが決まったことで、再び気力が湧いてくる。

※

次の日、水科たちは再び詰トピア編集部を訪れていた。

「ストーカーだって？　そんな話は聞いたことがないな」

鶴本は戸惑ったような表情で答えた。

そのとき、テーブルにお茶と茶菓子を運んできた鶴本の妻が「そういえば、以前来たときに、誰か恋人が出来たのかと感じたことがありましたよ」と言った。

「俺は気がつかなかったな。どうしてそんなことがわかるんだ」

「だって、イチ君の服装があるときから急に垢抜けたものになっていたから。それまでは地味な服しか着ていなくて、いきなり服の趣味が変わったら、そりゃ付き合っている人が出来たなと思うでしょ」

「奥さん。彼の変化に気がついたのは、いつ頃のことだったんでしょうか」

水科は勢い込んで尋ねた。

「あれは、三年前の冬じゃなかったかな。確か手編み風の茶色のセーターを着ていたから、印象に残ったのよ。そうそう、年末に新年号の袋詰めを手伝ってもらったときだったわね」

話からすると、矢場は三年前の年末には誰かと付き合っていたことになる。

ということは、三村が矢場と付き合っていた時期よりも半年ほど前に女がいたということだ。

脳裏に三村の「彼って結構頼りなげなところがあって、なんだか放っておけないそんな雰囲気があるんですよ」という言葉が浮かぶ。

「女と関係あるかはわからないが、イチくんは亡くなったときには天白区のアパートに住んでいたが、その前には南区のほうに住んでいたんじゃなかったかな」

鶴本はいま思い出したというように呟いた。

水科は佐田と顔を見合わせた。

事件が南区に集中しているのはそこに原因があるのかもしれない。となると、矢場とストーカーの接点は南区にあることになる。

購読会員簿には天白区の住所が書いてあったので、奥さんが矢場の旧住所を探している間、鶴本と佐田は雑談に花を咲かせていた。意外と二人は気が合うようだ。

水科は例の詰将棋を頭に浮かべていた。詰め上がりの形になにかひっかかるものがある。

「主幹、これはどう思われますか」

手近にあった将棋盤に例の詰将棋を並べ、駒を動かすと、詰め上がりの形を示した。

「あれは七筋で1の字になりますが、これを二間右にずらしても、同じようになります。こうすると五筋にあぶり出しが完成するんですけど、この詰将棋を作った人間はどうしてこうしなかったんでしょうかね。中央で形を出現させるのが普通ですよね」

「そうか、言われてみれば確かにそうだな。二間ずらしても余詰はなさそうだな……」

　鶴本は詰め上がりを眺めながらうなずいた。

「確かに、盤の真ん中のほうが左右対称になって、きれいに見えますね」

　佐田も同意した。

「二間右に寄せると、殺害する人間の年齢が全体に二十歳若くなる。若い者を殺すよりは老人のほうが簡単だからな」

「お年寄りは外に出歩かないから、行動を監視するのも楽だからね。若い人はすぐに引っ越したり、家にいないことも多いし」

　水科は二人の意見になるほどなとは思ったが、どこかしっくりとこない。他にもっと切実な理由があったのではないのか、元詰将棋作家の勘がそう囁く。

　そのとき、主幹の奥さんが矢場の旧住所を探し出して持ってきた。

　編集部を出ると、空には厚い雲が広がっていた。水科は寒さに肩をすくめる。

「どうやら、イチ君には三村さんの前に女性がいたようだね。ひょっとして別れ話がうまくいかないで、前の彼女がストーカーになったということも考えられるんじゃないかな」

「そうした話は多いですね。去年には桶川ストーカー殺人事件があったばかりで、規制法もそろそろ施行されるし。すると、ストーカーが彼の恨みを晴らそうとしていることになります」

「愛情の形は様々なものがあるけど、この場合はかなり屈折しているよ。おそらく彼がアパートを変わったのもストーカーから逃げるためだったのかも」

「なるほど、確かに時期的には合っていますよね。やはり事件の根本は南区にあったというわけですか」

「被疑者とイチ君の接点は南区にあったからこそ、犯人はリスクを冒してまでも南区で事件を起こすというわけなんだろう」

佐田は顔をしかめながら言った。

次に向かったのは三村のところだ。彼女の勤務先に着いたときはちょうど昼休みだった。

三村は事務所で手製らしい弁当を食べ終わったところだった。

彼女にお茶を入れてもらって、仕事用の長机で聞き込みをした。

肝心のストーカーについては、昨日以上の情報はなかった。

「なるほど、元カノとこじれて、ストーカーになったんじゃないかというんですね。女性の影はちょっとだけ感じましたけど。誰だって元カノくらいはいるんじゃないんですか。そう思ったから、そのへんは話題にすることはなかったですね。それに秀一さんもあまり触れてほしくなさそうだったし」

　困ったような表情の三村になにかを隠しているようなものは感じられない。

「矢場さんはフリーターみたいなことをしていたらしいんですけど。そのあたりでなにか聞いたことはありませんか」

「私が知り合ったときには、楽な仕事をしていたらしいです。それがダメになりそうなので、設計のバイトを始めたと言ってましたね。彼は高専を出ているということでしたから」

「楽な仕事ねえ。なんだろうな」

「不動産や株の話題が出たことがあったので、そのデータ解析みたいなことじゃないかな。こんなことならもっとあれこれ聞いておけばよかったんでしょうけど」

　表情を曇らせて彼女は答えた。

　水科は気がとがめながらも三村のアリバイを尋ねた。

　早朝に起きた植田ツネの殺人については、無理だったが、高倉純江のときには、同僚と旅行に行っており、ちょうど帰ってきた同僚から確認が取れた。福江佐和子と金山美保のときには、一日パソコンでＣＡＤソフトを使っていて、それはタイム・レコーダーと同僚の証言が一致した。途中で会社を何時間も抜け出すことはなかったと三村は日誌を見ながら言った。

携帯電話で報告をした水科は、かけ終わると佐田に向かって珍しく愚痴をこぼした。

「他の班からの報告だと、矢場の元カノやつきまとっていた人物は見つかっていないそうです。なにしろ二年以上も前の話で南区のアパートはすでに違う人間が入っているし、そもそも友人と呼べる人間はかなり少なかったらしいです」

「無理もないよね。母親や鶴本さんによると、高専を卒業してからはバイトをしながら、好きな詰将棋だけを作っていただけのようだから」

二人はいったん署に戻ってから、次に狙われる五十一歳・男性の洗い出しと、その聞き取り調査をすることになった。

地下鉄の駅までの途中、スーパーを見つけたので、昼飯を買っていくことにした。このスーパーは先日行ったところと同じチェーンで、商業施設の中にあった。駐車場は混んでいたが、店に入ると客の姿は少ない。

以前と違って佐田は入り口の横に置いてある買い物かごを慣れた様子で手にした。水科はサンドイッチとチョコバーを、佐田はいつものようにおにぎりを選び、一つのカゴに入れて、レジに並んだ。

「ポイントカードはお持ちですか」というレジ係に、佐田は財布からカードを取り出した。

水科は「佐田さん、カードを作ったんですか」と声をかけた。

「なにごとも経験だと思ってさ。作ってみたんだよ。このスーパーは市内にいくつもあるしね。うちのヤツなんかポイント五倍なんていう日には、カレンダーに印をつけて忘れないようにしているくらいだよ」

得意顔で言う佐田に水科は含み笑いをした。

入り口に設けられた「イートイン・コーナー」で手早く食事を済ませる。

店内は昭和区だからというわけでもないのだろうが、老人の客が目立つ。外出回数を減らすためなのか、買い物かごを一杯にしているのが特徴だ。

そういえば、最近は歩いていけるところでも自動車を使ったり、タクシーを利用する人も多くなったという話まで聞こえてくる。

狙われているのは五十一歳の男性と、四十四歳の女性だと、公表すればいいのだろうが、今以上にパニックになる可能性があることや、万が一違っていたりした場合を考えると、それが出来ないのが歯がゆい。

食事を終えた水科が、佐田の様子をうかがうと、彼はレシートを手にして何か考え込んでいる。

「ポイントというのはなかなか貯まらないものだね」

レシートに記載されたポイントを見ていたのかと、水科は体から力が抜けそうになった。そういえば、子供の頃に作った貯金通帳を眺めて、ちっとも預金が増えないことに疑問を感じたことがあった。母親は利息が付くからと言っていたので、すぐにでもお金が増えると誤解していたのだ。

「そろそろ行きましょうか」

水科は席を立ちながら声をかけた。佐田はそれが聞こえないのか動かない。

もう一度声をかけようかどうしようかと思ったとき、佐田がゆっくりと顔を上げた。

佐田は妖精でも見たような表情をしていた。

「ミズちゃん。被害者同士の関連性がわかったかもしれない」

佐田の口から飛び出した意外な言葉に、水科は尻餅をつくように勢いよく腰を下ろした。

「レシートを見ているうちに、被害者の遺留品にポイントカードがあったことを思い出した。確か最初の被害者だったツネさんだったと思う。そういえば、次の被害者の高倉純江の庭にスーパーのレジ袋が置いてあったから、彼女もポイントカードを作っていたかもしれない。なにしろ資産家のわりに倹約家だったそうだからね。そこで、待てよ。ひょっとして二人は同じスーパーを利用していたのかもと閃いたんだ。このあいだ自分でもカードを作ったとき、名前や住所や誕生日を書かされたんだ。ということはポイントカードの情報を見れば、性別・年齢がわかるじゃないか」

「それは素晴らしい発見ですよ。そうだ、三番目の金山美保はレジ袋を持ったまま殺されていましたよね。袋の内容物からカレーじゃないかなんて。あれは確か『安井スーパー』でした。そうだ、そのときにレシートの聞き込みに行って、たしかに店長がポイントカードを作っている顧客だと言ってました。他の被害者も持っていたかどうか、すぐに調べてもらえますよ」

興奮した水科は取り出した携帯電話を落としそうになった。震える手で短縮ボタンを押した。

弾んだ声で水科は係長に連絡をした。

「すぐに署に戻ってこいということです」

二人は勢いよく席を立った。


「おミズ、こっちだ」

水科たちが見つける前に、係長が手を振って大声を出した。

「最初の仏は確かにポイントカードを所持していた。それから二番目も息子から聞いたら同じスーパーのカードを作っていたようだ。それに三番目も。四番目の男性も家族の話だと家族の物とは別に個人で作っていたらしい。五番目は問い合わせ中だ。ようするに、犠牲者は『安井スーパー』のポイントカードでつながっていたということだ。今スーパーの本社に問い合わせているから、すぐに確実なところがわかるだろう」

「そうでしたか。となると次の犠牲者の五十一歳・男性、四十四歳・女性も、安井スーパーのポイントカードの会員という可能性が高いですね」

「ああ、そこのところはリストを出してもらうよう、上から話をつけてもらった。今はなにかと個人情報とかにうるさいからな」

「それさえ手に入れば、大雑把な数ではなくて、だいぶ絞られてきますね」

「そういうことだ。すぐに会議を始めて、そのへんを煮詰めるからな。ちょっと待ってろ」

係長はチラリと佐田のほうを見てから「二人とも、よくやったな」と嬉しそうに言った。

捜査会議は高揚した雰囲気に包まれていた。捜査員の表情には緊張感があふれている。

暗闇の中に一筋の光明が差してきたことを感じていた。

「……というわけで安井スーパーの本社で調査してもらったところ、未遂に終わった高倉純一以外は、すべてポイントカードの会員だったことが判明した。たぶん、彼だけは新聞記事に高倉純江の息子五十一歳と書かれていたことを被疑者が読んだのだろう。これは例外というわけだ。そこで、ポイントカードに記載されている条件で、五十一歳の男性・四十四歳の女性・南区在住を調べてもらった。それが手元にある資料だ。そこにあるように男性は七十八人、女性は二百二人となっている。今から対象人物を徹底的にマークしてもらう。一人暮らしの男女は要注意だ。住所に基づいて、九つのエリアに分けたので、それぞれの班は分担表を見て行動すること」

管理官が檄を飛ばした。

「それから、被疑者はこのポイントカードの情報を手に入れることが出来る人物と思われる。それはどうなっている」

「本社で聞き取り調査をしましたが、データベースシステムを開発した会社・下請け会社・それぞれの店の関係者はデータを入手することが可能とのことで、該当する人間を洗い出しておりますが、いまのところ怪しい人物は浮かんでおりません」

水科は報告を聞きながら、レシートの件で聞き込みに行ったときのことを思い出していた。確か店長が端末を操作して、情報を呼び出していた。ということはあの端末を使える人間なら誰でも、自分が殺害する条件に当てはまる被害者を選び出せていたのか。

「世の中には情報を売り買いしている連中もいるらしいが、そうしたところから入手したという可能性はないのか」

質問された捜査員はうろたえたように頭に手をやった。

「いわゆる名簿屋だろ。そっちは俺が二課のほうに聞いてやるよ」

徳山がそう声をかけた。

「今までは、被害者同士のつながりがわからないことから全体像がつかめず、捜査は難航していたが、これで一気に勝負に持ち込める。これからの二、三日が正念場だ。被疑者は絶対に捕まえる。いいな」

課長の言葉に、捜査員たちは慌ただしく出ていった。

4 変化

十一月二日（木）村上諭（51）派遣社員

村上諭の目覚めは最悪だった。

二日酔いで石でも詰め込んだように頭が重い。インスタントコーヒーを入れて、それからカップラーメンを食べる。起きたばかりというのにこんな食事でいいのかと自問するが、家事は苦手だし、外食は金がかかる。牛丼すら贅沢という暮らしなのだ。しかたない。

学生時代、野球部で鍛えた体も、筋肉が全て脂肪に変わったようにたるみきっている。妻から愛想をつかされたのも無理はない。

一昨日の夜にかかってきた電話が思い出される。

別れた妻からかと勢い込んで電話に出たが、違っていた。高校の同窓会があるから幹事をやってくれという内容だったが、もちろん断った。

そうしたらどうしても頼む、直接会って話をしたいという。遅番で家に帰るのは夜中の十時だと言ったらなんとか諦めてくれた。

いま思い出してもムカつく。それでもあの頃の同級生はどうしているのだろうかと、ふと懐かしくなる。

どうせ同窓会をやったところで、出るつもりはない。だいたいこんな惨めな暮らしをしていて出席できるわけもない。

村上は自転車を走らせていた。

夜中の十時すぎだというのに、警察官がパトロールしているのが無気味だった。

仕事で疲れている上に、職務質問されたのにはいささか腹が立ったが、社員証を見せて、遅番帰りだと説明すると、納得してくれた。

「安井スーパーのポイントカードはお持ちですか」

別れ際に警察官はおかしなことを聞いてきた。

「そんなもの持ってねえよ」と前かごに入れたコンビニ袋を指さすと、警察官が「連続殺人が起きていますので、十分注意をしてください」と言った。

自分の年格好を気にしているそぶりが警察官にあったのが、村上は気になったが、自転車に乗り直した。

こんな夜中に仕事をしているのは自分と同じだ。そう考え直すと警察官に同情を覚える。

家に帰り、カーポートに自転車を駐めた。昔は自動車があったのだが、とうに売り払ってしまった。

前かごからコンビニで買い込んだ食料品を出そうとしていると、何かが動く気配がある。

思わず振り返ると、黒い影が覆いかぶさってくる。

手を伸ばし、押しのけようとするが、かわされた。

なにかが首に巻き付いた。

首に手を回し、巻き付いた物をつかんだ。手応えからしてビニールのようなものだ。

それがピッタリと皮膚に密着して、隙間をつくろうとしても出来ない。

犯人がいつしか体の後ろに回り込んでいた。

このままだと殺される。こいつはあの連続殺人犯なのか、どうして俺みたいな人間を――。

このまま悲惨な死に方をするのか、と思うと猛烈に腹が立ってきた。村上は前かごに手を伸ばし、レジ袋をまさぐる。

なにか武器になるものをと夢中で探すと、缶ビールが手に当たった。渾身の力を振り絞って、缶ビールをつかむと腕を回して、犯人のいるほうにぶつける。

グェッというカエルの鳴き声みたいな音がした。と同時に缶ビールが手から離れ落ちた。

首のビニール紐がゆるんだ。

村上は首とビニール紐の間に指を入れると、カーポートから出るために足を動かした。重い。それでも犯人を背負うようにして動いた。道路に出れば、さっきの警察官がまだいるかもしれない。そんな希望だけで懸命に足を動かす。

「助けてくれ」

声を出そうとしても喉が締め付けられているから、無理だった。

足がもつれて、頭から転がった。顔が冷たい地面にこすりつけられる。ヒリッとした痛みが顔全体に広がる。

犯人が上から背中に膝を突いたようにして再び首を締め始めた。

村上が手を動かすと、石があった。それをつかんで犯人を殴ろうとしたが、すっぽ抜けた。石はそのままガラス窓にぶつかった。派手な音が響いた。

頼む、誰かこの音に気がついてくれ、村上は願ったが、意識は遠ざかっていく。

※

殺人者は村上の意外な抵抗に焦っていた。これほど太っているとは予想していなかった。

ガラス窓の音も気になる。

それでも力を振り絞って、首を締め上げる。無理な体勢になったためか、古傷の膝から痛みが走る。最後の力を振り絞るが、思うように力が入らない。

すると、急に抵抗がやみ、あとひと息というとき、道路側から明かりが差した。

顔を上げると、明かりが近づいてくる。あわてて立ち上がり、ポケットから出した将棋の駒を村上の背中に置いて、あたりを見回した。

村上の自転車が目に入った。

確か鍵は掛かっていないはずだ。とっさにそう考え自転車に乗った。

道路に出ると、自転車に乗った警察官がこちらに向かってくる。

前かごにあったペットボトルを警察官にめがけて投げつけると、ちょうど体の正面に当たり、そのはずみでバランスを崩した警察官が自転車ごと倒れるのが見えた。

思い切り自転車のペダルを踏み、逃げた。

それから、隠しておいた自分の自転車に乗り換えた。

※

「南区管内呼続一丁目の敷地内において五十歳前後の男性、首を絞められ倒れているのを発見。被疑者は自転車に乗って名鉄呼続駅方面へと逃走。被疑者の人着は年齢三十から四十歳、男女不明。身長高く、中肉、ニット帽、黒のセーターにジーンズ。各警戒員は……」

無線で犯行を知った水科は、走り出した。

すぐに詳細な情報が入る。

被害者は村上諭という名前で、五十一歳だという。水科はポケットから用紙を取り出した。村上諭という男の名前に覚えがなかったからである。

すぐに佐田が走ってくるのが見えた。

「佐田さん、村上なんて男がリストにありましたっけ」

「僕は知らないよ。リストにないということは、どういうことなんだろ」

「ひょっとして裏をかかれたんじゃないんですか。詳しいことを係長に聞いてみます」

水科は携帯電話でかけてみたが話し中だ。

「村上諭は息を吹き返したそうですが、襲撃者のことはよく覚えていないそうです。やはり『玉』のプラ駒が現場に残されていたそうですから、あいつの犯行に間違いないです。それと年齢は免許証で確認して五十一歳で間違いないそうです」

「となると、次は四十四歳の女性が狙われるということだね。ミズちゃん」

「そういうことになりますね。もう終盤ですよ。全力でその女性を守らないと」

十一月二日（木）　冬村美子（44）スーパー勤務

殺人者は混乱していた。

警察が来たのは偶然パトロールしていて運悪くか、それとも事件の全貌が発覚して、事前に張り込んでいたのか。

村上がちゃんと死んだのかどうかはわからない。感触から判断すると、たぶん死んでいるだろう。

それに、死んでいなくとも、これ以上はもう無理だ。

今まではうまくいっていたが、高倉純一のミスから運気が下降線をたどっているのが自分でもわかる。

しかし、少なくとも正しい相手にメッセージを残せたことだけは確かだ。

殺人者は自転車を走らせていた。

昔痛めた膝は無理な力を入れなければ大丈夫そうだ。

狭い路地を入り、空き家の裏口にこっそりと近づいた。南京錠が掛けてあるが、蝶番のネジがゆるんでいるからなんの役にも立っていない。

あたりをうかがうようにして、それから耳を澄ます。遠くのほうからパトカーのサイレンが聞こえてくる。

隣にあるアパートの明かりは全部消えていた。

南京錠の付いた取っ手を外すと、ドアを開け中に入る。

ポケットに入れていたペン型懐中電灯を使い、用意しておいた着替えを探す。

ニット帽と脱ぎ捨てたジーンズをバッグにしまって、この日のために用意した一張羅に着替え、化粧を直す。

これならまるで別人だろうと思うと、今までの緊張感がほぐれていく。

携帯電話を使って着信記録を残した。使い捨ての携帯だから、足は付かないと教えられていた。

携帯の電源を切り、指紋が残らないようにきれいに拭いた。バッテリーを外して、同じように指紋を消す。

深呼吸をして、気持ちを落ち着かせると、最後の段取りをもう一度頭の中で確認する。

布製の買い物袋には例のものが入っている。

最後に周りを見渡した。忘れ物はないようだ。

音がしないように外に出ると、ドアの蝶番を元通りに直した。

外に出るといちだんと冷え込んできたような気がして、肩が震える。

両手で頬を叩き気合いを入れて、布袋を持ち直してから地下鉄の駅に向かって歩き出した。

途中に粗大ゴミが不法投棄されている場所があるので、そこに携帯電話とバッテリーを別々に捨てる。

茶髪のカツラをつけ、眼鏡をかけている。服装は葬式に着ていくような黒のスーツだ。これなら通夜帰りに見えるに違いない。

背筋を伸ばして堂々と歩く。駅の周りには制服警官や目つきの鋭い男が立っているが、注意は他に向けられている。

案の定、誰に誰何(すいか)されることもなく、駅の改札口を抜けられた。

目的地の途中でコンビニに寄って、用事を一つ片付ける。

あとは最後の仕上げをするだけだ。そう考えると殺人者は体内が至福感で満たされていくのを感じる。

※

「被疑者を取り逃がしたのは痛恨のミスだったが、とりあえず殺人は阻止出来た。未遂ながらも将棋の駒を残していったことからして、かなり焦っているはずだ。それに被害者を殺したと思い込んでいるかもしれない。残り一人の女性に全てを懸けることにして、全捜査員を女性のほうに回すことにする。各自、割り当ての女性を確認すること」

全員が勢いをつけるように部屋を飛び出ていく。

水科は自分の担当の女性の住所を頭に入れた。

後ろから袖をつかまれた。

振り向くと佐田が不安そうな表情をして突っ立っている。

「どうしたんです佐田さん、そんな顔をして、もうひと息です。頑張りましょう」

「それなんだけどね。ちょっと気になることがあるんだ。そこまで一緒に行こう」

二人は足早に署から出た。

「例の四十四歳の女性が次のターゲットという話だけど。ようするに四十四歳で、女性が死ねば詰将棋が浮かび上がって、それで犯罪が完成するというわけだよね。だったらさ、犯人が自殺してもいいわけじゃない。もしかすると犯人が四十四歳の女性という線はないのかな」

佐田の話に水科は足を止め、思考を巡らせた。

突拍子もない話ではない。いや、それどころか犯人が自殺することで連続殺人という作品を完成するということは十分あり得るのではないか。

そう考えた水科の頭に一つの言葉が浮かんだ。

「佐田さん、ストーカーですよ。矢場秀一をストーカーしていたのはやはり女性だったんですよ。それが犯人だったらどうです」

　思わず興奮した水科は佐田の手を握りしめた。

　もう一つのアイデアが脳裏に浮かんだ。

「前に編集部でどうしてあの詰将棋が真ん中の五筋ではなく七筋で詰上がるのか、と私が尋ねたことがありましたよね。あれは4四龍の女性だけが決まっていたんじゃないでしょうか。だからこそあの配置じゃないといけなかったんです。最初に四十四歳の女性＝被疑者ありきであれは作られていたんです」

　難解な詰将棋の答えが一瞬でわかったときのような高揚感が水科を満たした。

「被疑者が四十四歳の女性だとすると、南区在住でポイントカードの情報を閲覧出来る人物……」

「スーパーで働いている四十四歳の女性を出してもらおう」

「そうか、そこで働いていればポイントカードの会員を検索するのも可能だし、それにターゲットが何を購入するかを見ていれば、一人暮らしだとかどんな生活をしてるのかもだいたい見当がつきますよね」

　水科は「戻りましょう」と佐田に声をかけると、走り出した。

　水科はすぐ係長に報告すると、彼の顔色が変わった。

「よし、スーパー本社に詰めている連中に大至急、リストアップするように指示しよう。他には何か気がついたことはないか」

「たぶん、犯人はレジ係じゃないかと。レジを打ちながらターゲットの被害者を観察出来ますしね。それに一人暮らしの女性だと考えられます。家族と一緒に暮らしていたら、あれだけの犯行がバレないわけないですし。それに絞殺が可能ということは女性にしてはガタイがいいほうだろうと」

「そうだな。そのあたりも連絡しておこう」

スーパー本社からすぐにファックスが届いた。

該当する女性は四人だが、そのなかで一人暮らしというのは「冬村美子」だけだった。採用時に提出された履歴書にそうあったからである。

冬村の住所に一番近い区域を担当している捜査員は徳山と三島（みしま）だった。彼らはすぐに連絡を受けた場所に向かった。

彼女が住むというアパートは名鉄道徳駅から歩いて十分ほどの住宅街にあった。二階建ての築二十年は経っていそうな古いものだった。駐車場はなく、狭い敷地に建てられていた。空き室があるのか、管理会社の「入居者募集」という看板がフェンスに掲げられている。

冬村の部屋は一階の左端にあった。

「冬村さん、港南署の者ですが、大至急ご連絡したいことがあります」

ドアには鍵が掛かっていた。若い三島が大声を上げた。

室内には誰もいないのか、返事はない。照明は消えている。

「部屋にはいないようですが、徳さん、どうします」

「令状があるわけじゃないからな。無理に開けるわけにもいかないし。そうだフェンスに管理会社の電話番号が書いてあったろ。彼女を至急保護する必要があるとか何とか言って、合鍵を持った人間を回してもらえ」

徳山は三島が携帯電話片手に走り出したのを見送りながら、時計を見た。もう夜中の十一時だ。アパートの管理会社には誰もいないかもしれない。

徳山は窓のカーテンの隙間から室内を覗いてみた。中は暗く、月明かりだけではなにも見えない。

刑事のカンというのか、徳山は先ほどから落ち着かない気分になっていた。冬村の情報欄に誕生日が書いてあり、あと半月もすればその日が来る。

彼女が自殺することで詰将棋を完成させるというのなら、四十四歳になっているうちに、自分が死なないといけない。ということは彼女には時間がないことになる。

すでに自殺しているかもしれないと考えると、暗い部屋の中で得体の知れないものが蠢（うごめ）いているような気配を感じるのである。

すでに三十年以上刑事をやっていて、こんなもどかしい気持ちになったのは初めてだった。

焦る気持ちから、徳山はドアを叩いて冬村の名前を何度も呼んだ。

隣の部屋が急に明るくなると、ドアがいきなり開いた。

「何やってるんだがや。うるさくて寝られないが」

ガウンのようなものをはおった中年女性が出てくると、怒鳴った。

「すいません。港南署のものですが、こちらの冬村さんに至急の用件で伺ったのです」

警察手帳を開いて、徳山は言った。

「なんだ、お巡りさんかね。冬村さんは見かけていないわ。部屋の前にチャリンコがないから、どこぞへ出かけてるんだわ」

「ところで、冬村さんはどんな女性なんでしょうか」

「女にしては体格のいい、親切ないい人だがね。最近は忙しそうにしてござったわ。ところでなにかあったんかね」

「それなんですが、冬村さんになにかあったんでは、という情報が寄せられましてね。それを確認に来たんですが、誰もいないようで、鍵が掛かっていて中に入れないし、困っていたところなんですわ。こちらとしては、彼女が無事かどうかそれだけわかればいいんですけどね」

「それって、例のジジ・ババキラーとかいうやつかね。おそがい世の中になったもんだわな。たぶん部屋にはいないと思うけど、鍵だったらそこの新聞受けに入っとるで、勝手に使えばいいがね」

「そうなんですか。しかし、私たちが勝手に取り出すと、あとでいろいろと面倒なことになるので、ここはひとつお嬢さん、あなたにご協力いただけるとありがたいのですが」

徳山は卑屈に腰を引いて哀願した。

「なにが、お嬢さんだが。最近のお巡りさんは口がうまいね。そんなことぐらいならやったるがや」

中年女性は徳山の肩を叩くと、笑った。

女性は腕を新聞受けに入れると、なにかを探るようなしぐさのあとに鍵を取り出した。

ちょうどそのとき三島が戻ってきた。徳山の顔を見ると、首を横に振った。

「こちらの親切な女性が鍵を開けてくれるそうだ。助かったよ」

徳山の言葉に三島も女性に笑顔で応える。

ドアが開くのを確認してから、徳山は女性に「念のために一緒に入ってもらえませんか」と聞いた。

女性がうなずくのを待ってから、三人は室内に入った。

玄関から右側はキッチン、左側はバスルームになっているようだ。

襖(ふすま)を開けると、六畳間の左側には四畳半という間取りだった。徳山は手袋をつけると照明を点けた。

部屋はきれいに掃除がしてあった。ゴミ一つ落ちていない。

人の気配はないが、徳山は首筋に寒気を覚えた。以前、女性の自殺死体を見たが、部屋がこんなふうにきれいに掃除されていた。

あの部屋との違いは死体がないだけだ。そう、死を覚悟した人間の部屋なのである。

「こりゃ、大掃除でもしたようになっとるがね」

中年女性は感心したように言った。

「徳さん、こっちに来てもらえます」

三島が言うと、四畳半のほうから手招きをした。

徳山がそちらに向かうと、三島は鏡のついたドレッサーに置かれた写真立てを指さした。

写真立てに収められた写真には中年女性と若い男が二人して写っている。

「おい、この若い男。例の矢場秀一に似ているな」

「僕もそう思いました。やっと犯人の正体と矢場との接点が見えてきましたね」

「こりゃ、大発見だ。すぐに緊急配備の手配をしてくれ、それとこの写真もな」

徳山はそう言うと、中年女性を呼んで、写真に写っている女性が冬村なのか確認を取った。

「これは確かに冬村さんだで、こっちの頼りなげな若い男はどこぞで見たような気もするが、ちょっと思い出せんわ」

「この女性が冬村とわかっただけでも、大助かりですよ」

写真立てごと三島に渡した徳山は女性に頭を下げた。

「そんな、たいしたことはしとらんて。それよりも冷蔵庫の中を見たら、全部処分してあったが、冬村さんは旅行にでも行ったのかね」

そうだ、冬村はどこに行ったのだろうか。この部屋のどこかに手がかりがあるかもしれない、そう考えた徳山は鋭い目つきになって、部屋を見回した。

タンスの上にも写真が置かれていた。徳山はそれを手に取るとしげしげと見入った。

ネットをバックにした集合写真だ。服装からすると高校バレーボール部のものだろう。中央に立つ背が高く色の黒い女生徒が冬村によく似ている。

どうやら冬村は高校生のときにバレーボールの選手だったようだ。ブロックやスパイクで鍛えた体なら腕力もあるだろう。男のように絞殺することも可能だったに違いない。

徳山は写真を見ているうちに胸が痛んできた。希望に満ちあふれた表情の冬村がどうしてあんなことをしたのか――。

愛知県全域に緊急配備が行われ、冬村の逮捕状が請求された。

署内から出た水科と佐田は歩きながら話し合った。

冬村の行き先についてである。

「やはり自殺しに行ったんでしょうかね。それとも逃亡するためか」

「なんでも部屋がきれいになっていたそうじゃないの。それなりの覚悟を決めていると考えたほうがいいんじゃないかな。自分の部屋で死んでいなかったということは、他にどこで自殺するつもりなんだろう」

「そうだ、自殺といえば、矢場秀一が白鳥公園で自殺していましたよね」

「ミズちゃん、それだ。後追い自殺だよ」

二人は大慌てで広い道路に出ると、タクシーを拾った。

水科はタクシーに乗り込むと「白鳥公園まで大至急」と大声で言った。

公園までは内田橋(うちだばし)を渡り、堀川(ほりかわ)沿いに行けばすぐだ。

二人は小声で話していたが、タクシーの運転手は商売柄すぐに刑事だと気がついたようだ。

「今日はやけにパトカーが騒がしいけど、なにか大捕り物でもあるんですかね」と聞いてきた。

「それはちょっと言えないんだ。少しくらいは大目に見るから、急いでくれると嬉しいんだけど」

佐田の言葉に、運転手は「まかせてちょ。一度やってみたかったんだわ」と名古屋弁で嬉しそうに言った。

派手な音を立てて止まったタクシーから、水科は飛び出した。佐田は財布からタクシー代を取り出す。

走りながら水科は報告書にあった自殺場所を思い出していた。確かベンチで死んでいたはずだ。となれば、冬村もベンチで服毒自殺していることになる。

夏ならまだしも十一月だ。夜中ともなれば公園に人影はない。

所々に設けられた街灯を頼りに探した。

小高く盛り土された場所があり、そこに遊具が設置されている。その陰になるところにベンチがあり、人影が見えた。

水科は少し伸びた髪の毛が乱れるのもかまわず、そこに走り寄った。

黒っぽい服装の女性がベンチに倒れ込んでいる。

月は雲に隠れていて暗い。水科は携帯電話の明かりで女の表情を照らした。

手配写真によく似ている。体は女にしては大きく、身長も170センチ以上はありそうだった。

頬に手をやると、すでに冷たく生気は感じられない。ベンチの下にジュースの空き缶があるのが見えた。

矢場と同じように服毒自殺したのだろう。もう少し早く気がついていれば、生きているうちに確保出来たのかもしれないのだ。

水科は唇をきつく嚙んだ。

女にしては大きな手に隠れていたが、封筒のようなものが見えた。

遺書に違いないと直感した。手袋を嵌めてそっと封筒を手に取った。すると、封筒の奥で何かが動いた。

水科は直感で将棋の駒に違いないと考えた。その駒は飛車で龍のほうが表になっているはずだ。

月明かりにかざすように封筒を開け、端を持ち上げると、案の定、折りたたんだ便箋の上に龍の文字が見えた。

どうやら将棋の駒は糊か両面テープで貼り付けてあるようだ。

便箋を元に戻して、封筒を見ると、遺書と書いてあり、丁寧なことに「冬村美子」と名前も書いてある。

被疑者に間違いない。

すでに手遅れだろうと思ったが、携帯電話で救急車を呼んでから、係長に一報を入れた。

冬村の死体を見ているうちに、気がついた。

佐田と二人してスーパーに聞き込みに行ったとき、事務室から出てきた女性に似ている。女性にしては背が高かったから印象に残っていた。

そういえば、あのとき端末のパスワードを店長に教えていたではないか。

ちょうど佐田が姿を現したので、水科は「冬村を見つけました。どうやら毒を飲んでいるようです。署には連絡を入れましたので、ヤジ馬が入らないようにお願いします」と叫んだ。

数分もしないうちに、制服警官が数人やって来た。すぐに佐田の指示であたり一帯が黄色いバリケードテープで囲われた。

佐田がやって来ると「間に合わなかったね」と水科に話しかけてきた。悔しそうな表情をしている。それから遺書のほうをチラリと見ると小さくため息をついた。

「服装が死への旅立ちめいているね。女は哀しいな。自殺するときでさえ、一張羅で飾り立てるんだから」

佐田は哀愁を帯びた横顔で、感傷的な言葉を呟いた。

「黒っぽい服装だから、葬式帰りみたいに見えますね。これなら怪しまれない。頭のいい女性ですよ。佐田さん、この女性、スーパーに聞き込みに行ったときに一度会っているんですよ、覚えていませんか」

佐田は頭に手をやると「あっ」と驚きの声を上げた。

「事務所にいた背の高い女性だね。確か冬なんとかさんと呼ばれていたっけ」

後悔の交じった口調で佐田は言った。

死体は、傍らに置かれたバッグに入っていた免許証から冬村美子本人と確認された。紙袋にはカツラと眼鏡、それから一冊のノートが入っていた。

ノートは冬村の手記らしく、犯行が詳細に綴られていて、犯人しか知り得ない、いわゆる『秘密の暴露』に満ちていた。

缶ジュースに入った農薬による自殺と判断された。服毒に使われた農薬は矢場が自殺したものと同じパラチオンだった。

残された遺書には、事件への関与とその動機が、ボールペンで書かれていた。

次の日、冬村のアパートに家宅捜査が入った。

水科もその中にいた。

状況からして冬村が実行犯に間違いないだろうが、その裏を取るための捜査である。最初に布製の駒袋に入ったプラスチック駒がタンスの引き出しから見つかった。足りない駒がいくつかあって、それらが犯行に使われた駒とピッタリ合っている。

水科はドレッサーを調べていた。それは手入れが行き届いていて使用者の愛着を感じさせるものだった。

両端の小物入れには安っぽいアクセサリー類や文房具が詰め込んであった。中央の引き出しには古い家計簿やレシート、女性雑誌の切り抜き記事が押し込んであった。住所録や日記は見当たらない。

引き出しを戻そうとして、なにかひっかかるのを感じた。そのまま引き出しを引っ張り出して、裏側を調べる。

事務用封筒がそこに貼り付けられているのを発見した。

底板から剝がした封筒の中を覗くと五枚ほどのコピー用紙が入っていた。

用紙には将棋盤と駒のスタンプが押され、詰将棋が書いてある。

作者名はないから、誰の創作ノートかははっきりしない。矢場秀一の創作ノートのコピーではないかと、水科は想像した。

となると、矢場の発表した詰将棋は長編だけだから、コピー用紙にある中・短編作品は未発表作ということになる。

作意手順と簡素な初形を見ただけで、この作者が短編作家としても並々ならぬ実力があったことがうかがえた。

創作ノートのコピーに見入っていると、いきなり肩に手が置かれて、水科は我に返った。

「どうした。なにか見つかったのか?」

振り返った水科の視界に無精髭を生やした徳山の顔が入った。

「どうやら、冬村は矢場秀一の創作ノートをコピーしていたみたいですね。このドレッサーに隠してありました」

「へえ、こんなふうに書くんだな。専用のスタンプがあるのか」

徳山の言葉に水科は薄く笑うと「冬村と矢場に密接な関係があったという証拠にはなりますね」と言った。

手袋をした手で徳山はコピー用紙をぱらぱらとめくり「作者名がないけど、これが矢場のものだとよくわかるな」と尋ねた。

「詰トピア編集部に問い合わせればすぐに筆跡でわかると思いますが、作品からして彼のものに間違いないでしょうね」

自信たっぷりに言った水科に、徳山は「前から、思っていたんだが、水科よ。おまえは女のくせにやけに詰将棋に詳しいな。将棋を指せることも、今まで俺は知らなかったぞ」

不審げな表情で徳山は言うと、水科の顔を覗き込んだ。

「父親が趣味で詰将棋を作っていたんですよ。だから私も見よう見まねで……。今は仕事が忙しいから、だいぶご無沙汰していますけど」

「そうか、とにかくこれは物証として使えそうだな。よく見つけた」

部下に呼ばれた徳山は、コピー用紙を水科に手渡すと、別の部屋に移動していった。

もう一度見てみると、創作ノートの一部だけをコピーしたようだ。どうして中途半端な形で残っているのだろうか。水科は少し疑問に思った。

署に戻り、押収品を整理していた水科は、こっそりと創作ノートのコピーを複製した。

コピーでもいいから手元に置いておきたいという欲望を抑えきれなかったのである。自分では捜査資料として保存しているんだと考えていたが、心のどこかでそれが言い訳にすぎないことを知っていた。

5　収束

南区連続殺人事件は冬村の自殺で被疑者死亡として処理された。

警察当局としては、冬村の死は唯一の救いだった。

八人もの死傷者が出た上に、結局は犯人の目的どおりになってしまったのだ。これが長期の裁判になったら、どれだけ警察がマスコミやネットで叩き続けられるかわかったものではない。

関係者には箝口令がしかれ、警察の会見でも必要最小限の情報しか公表されなかった。

テレビでは連日のように特番が組まれ、事件の詳細や冬村の私生活までもが暴かれたが、いかんせん情報が少なすぎた。

マスコミ受けするネタが不足していた。そのせいか連続殺人事件にもかかわらず、盛り上がりに欠けたのである。

警察上層部ではそのうちにマスコミが飽きて下火になるだろうと考えていた。

冬村が自殺してから五日後の朝十時。東京に本社がある大手出版社に宅配便が届いた。

受付から週刊誌の編集部にそれは回された。

編集部で働くアルバイト女性は、送り主の名前を見て、思わず「あらっ」と呟いた。

名前が「冬村美子」となっていたからである。

彼女は編集長を探したが、まだ出社していなかった。

同じ頃、名古屋のテレビ局に宅配便が届いた。係の女性は送り主の名前を見ると、すぐに内線電話で上司に連絡を取った。


水科は久しぶりの休暇を楽しんでいた。

あの事件は所轄に引き継がれ、本庁の水科たちは引き上げて、すでに別の事件を担当している。

朝から雨が降っていた。外出するのも面倒なので古い翻訳ミステリを読んでいると、そのまま寝てしまった。

起きると、外は夕闇に包まれている。よっぽど疲れがたまっていたんだなとあくびをしながら思った。

普通の女性ならこんな日にはデートでもするのだろうが、そんな相手もいないし、する気にもなれない。

女性警察官のほとんどが同じ警察関係者と結婚するのも頷ける。

携帯電話が鳴った。

発信者は佐田だった。不吉な胸騒ぎがする。

「ミズちゃん、何度も連絡したんだけど。テレビを見たかい？」

「いや、見てませんが、なにかあったんですか」

「冬村美子の手記がマスコミに送られて、放送されているんだよ」

「えっ、どうして今頃。あれから何日も経っているんですよ」

水科は言ってから、まさか共犯者がいたのかと、先ほどの不吉な胸騒ぎがよみがえる。

「それがさ。宅配便を使って今日の午前中という配達希望日を指定してあったんだ。それが名古屋・東京の五つの出版社やテレビ局に一斉に送りつけられたというわけなんだ」

「前もって今日届くように送られていたんですね。ということは、手記も以前からコピーされていたと」

冬村の死体を発見したときにも、ずいぶんと用意周到だなと感じたことを水科は思い出していた。それにしても、事件が収まりそうな時期を見計らって手記をマスコミに送りつけるとは、どこまで警察をバカにしているのだろう。

「佐田さん、それが発送されたのはいつか、わかったんですか」

「あの自殺死体を発見した、一時間ほど前の十時四十分頃に、コンビニに持ち込まれたことはわかっている。コンビニの場所はあの白鳥公園のすぐ近くだよ。店員の証言、防犯カメラから冬村本人に間違いはないらしい」

「そうか、コンビニに寄って宅配便を手配してから、公園で自殺したというわけですね」

宅配便の送り状は現場になかったから、途中で処分したのだろう。

「とにかく、こちらは大変な騒ぎでね。私も駆り出されて、宅配便の集荷場に聞き込みに行ってきたところだよ。電話したのは別に愚痴を言いたいわけではなくて、連絡だけはしておこうと思ってね」

水科は考え込んだ。この事件にはなにかもっと別の意味というか意図が隠されているような気がしていたのである。

といっても、すでに警察上層部では幕を引いてしまっているから、蒸し返すわけにはいかない。そんなことをしたら、ただでさえ世間やマスコミに叩かれている警察の顔に泥を塗ることになりかねない。

「これから、テレビを見てみます。またなにか思いついたら連絡いたします」

佐田にそう告げると、電話を切った。

他所の事件には口を出せない。

水科はスウェット姿から少しましなものに着替えると、寮にある食堂に向かった。食事をしながらテレビを見てみようと考えたからだ。

夜の八時を過ぎていたから、利用している人間は二人だけだった。

定食を頼んだ水科は、ほとんど味のしないお茶を飲みながらチャンネルをニュース番組に合わせた。

番組のキャスターは深刻な表情をつくって手記を紹介している。

内容からして冬村の手記が送りつけられたのは間違いないようだ。犯罪に至った動機がテロップに流れる。

警察の正式な発表では、動機は矢場の自殺が引き金になって精神が錯乱した冬村がレジ係という立場を利用して、被害者を選び犯行に至ったというだけで、詳しい事情は伏せてある。

画面に名古屋出身のプロ棋士が映し出されたとき、水科はまずいと思った。あの詰将棋が紹介されると大きな問題を引き起こす恐れがある。

水科の願いも虚しく、スタジオには将棋番組で使う大盤が持ち込まれ、プロ棋士が詰将棋を解説し始めた。

最後に詰上がり「1」の字が浮き上がると、スタジオはざわつき、カメラはコメンテーターの顔をアップにする。

自分が将棋ファンだと公言している三十代のタレントは、信じられないというように目を見開いた。

「本当のことなんですか。駒の配置を示すためにお年寄りを殺すだなんて、そんなのおかしいですよ。将棋ファンとしてはもう絶対に許せませんね」

タレントの言葉に男性キャスターは大げさに同意すると、レポーターに話を振った。

「どうして犠牲者が選ばれたのか、その理由は私たちにはとうてい理解しがたい、いや、許しがたいものだったのですが、それは全て犯人である冬村美子の手記に書いてあったんですよね」

「はい、そのとおりです。自分がレジ係をしていたことを利用し、勤務していたスーパーのポイントカード情報を盗み見て、最適な年齢・性別の被害者を選んでいたということらしいんです」

「で、彼女が企んだ犯罪はなぜ行われたのか？　それは詰将棋作家の矢場秀一の自殺が引き金になってとまあここまではわかるのですが、結局のところ、具体的にはどういった理由なのでしょうか」

「手記によると、矢場さんが自殺する事件があり、それが関係しているようなのですが、どうも詰将棋の世界というのは特殊すぎて私たちには理解できない部分が多々ありまして……一人の優秀な若者を自殺に追い込んだ詰将棋界への復讐という意味もあるんじゃないでしょうか」

「どうもそのあたりが私にも曖昧模糊として、わかりにくいんですよね。将棋のプロとしていかがでしょうか」

キャスターに聞かれたプロ棋士は困ったような表情になった。

「詰将棋というのは同じ将棋でも、特殊な世界なんですよ。詰将棋を作るのが得意なプロもいれば、興味がない人もいますしね。その世界に詳しいプロに聞きますと、マニアが集まるだけあって、ドロドロとした部分もあって、そのあたりに事件の根っこがあるんじゃないですかね」

「ところで、あの詰将棋ですが、あれは犯人の冬村が作ったんでしょうか」

「あれは手順が素人じみていますからね。詰将棋作家と呼ばれるような人のものではないことは確かです。詰将棋作家に女性はいないというのが一般的で、将棋のプロでも、こと詰将棋を作ることに関しては苦手な女性が多いですね。私の勘では誰か別の人が作ったんではないでしょうか」

「詰将棋ユートピアという専門誌があって、当局で取材を申し込んだのですが、拒否されました」

キャスターはいかにも残念というように顔をしかめながら言った。

「それよりも、私は警察の対応に納得がいきませんな」

空気を読んだのか話題を変えるように、初老の評論家が言い出した。

「八人の死傷者が出て、助かったのは二人だけでしょ。結局は犯人の思いどおりの展開になったわけで、考えてみれば警察がいなくとも最後は自殺という結末が用意されていたんですから。それに肝心な情報は伏せておいて、ストーカーの犯行で片付けようとしていたんでしょ。こりゃ、許せませんよ」

怒りをはき出すように評論家は断言した。

水科は見ているのがつらくなって、別のチャンネルに切り替えた。

せっかくの食事が味気ないものになってしまったが、残さずに食べ終えた。

部屋に戻る足取りは重たかった。

冬村は意図的に、時期をずらして手記をマスコミに送りつけたのだ。たぶん、警察の会見で真実が語られないことを見越していたのだろう。

そうまでして、矢場秀一の仇を取りたかったのか。冬村の情念にやりきれない気分を味わった。

解決された事件はきれいに忘れて、次に集中するというのが水科の流儀だった。でないと身が持たない。

港南署がマスコミや世間から袋だたきに遭っていることは周りから聞かされていた。佐田さんはさぞかし大変な目に遭っているはずだと水科は深く同情した。

ネットの掲示板では冬村のことが殺戮女王ともてはやされていた。女性の殺人鬼というのはまれらしい。そのうえ誰の手も借りずに、最後まで犯行を重ねたこと。自分の死をもって幕を引いたことなど、その手のマニアには堪らない存在らしい。

あのあぶり出しの詰将棋は『殺人図式』と呼ばれて、今では日本で一番有名な詰将棋になっている。

なにしろ、将棋に興味がない人間でも知っているのだ。

いまだに作者は不明だが、あれを冬村が創作したとなると、日本で一番有名な詰将棋の作者となるわけだ。

大手オークションに出品された矢場秀一の作品が掲載された詰トピアが数千円の値が付いているのを見て、やはりなと実感した。

家宅捜査で入手した矢場秀一の創作ノートを思い出していた。

あのオリジナルが完全な形で市場に出たら、どんな高値が付くか想像も出来ない。矢場の著作権を押さえた企業からすれば、先見の明があったというわけだ。作品集として発売すれば、その利益は計り知れないだろう。

考えているうちに水科は妙な胸騒ぎを覚えた。自分が封印してきた記憶が扉を開け、ずるりと這い出してくるような感触がある。

連続殺人の渦中にいたときには気にしていなかったが、事件から離れてみると腑に落ちない箇所がいくつかあることに気がついた。

水科はいつも携帯しているノートに、それを書き留めた。

第三部　検討

1　変化

男はお気に入りの椅子に座り、くつろいだ様子でインターネットを閲覧していた。質素な調度品しか置いていない部屋だが、窓以外の壁はすべて本棚になっていて、ぎっしりと本が詰め込まれている。

ネットニュースをチェックしてから、掲示板を巡回する。

掲示板を見ていた男の表情が険しくなる。

あの連続殺人の犯人冬村は『殺戮女王』とネットで呼ばれ、一部の人間から熱狂的な支持を受けているようだ。専用のスレッドがいくつも立っている。

シリアルキラーの多いアメリカでも、女性のシリアルキラーというのは珍しく、どうやらそのあたりが人気の秘密のようだ。

どこから情報を得るのか、彼女が住んでいたアパートの部屋、普通ならかなりの値下げをしないと誰も入居しないだろうに、それが予約で一杯というのだ。なかには現状の三倍の家賃でも支払うという人間がいるというから馬鹿げた話である。

さらには事件のあった現場をツアーのように巡回する連中もいるというから驚きだ。そんな人気を当て込んであの事件のノンフィクション本さえ計画されているらしい。まったく庶民どもはなにを考えているのだろう。男は怒りを通り越して呆れてしまった。

例の詰将棋は『殺人図式』と呼ばれ、冬村作ということにされている。

警察は被疑者死亡で全てを片付けてしまったから、詳細はわからず、ネットの怪しげな情報が通用しているわけだ。

冬村が生きていて、裁判にでもなったらどんな騒ぎになったか——。そうして彼女の口から真実が語られたとしたら。男はいまさらながら、彼女の死で詰上がるというアイデアの素晴らしさを心の中で自賛した。

昼すぎから始まるワイドショーをチェックするために、パソコンの電源を落としてから立ち上がった。

パスタを作るために専用の鍋にたっぷりと水を入れる。水の量が少ないとパスタがうまくほぐれない。

レトルトのパスタ用ソースを温めながら大型テレビを横目で眺める。

部屋の掃除などは家政婦が来てやってくれるが、食事までは頼む気になれない。わざわざ外に食べに行くのも面倒だ。いまは簡単に調理できる冷凍食品やレトルトがあるから便利だ。

沸騰したお湯に塩を入れ、火加減を落としてパスタを入れる。腕時計で時間を測りながら、あとはゆであがるのを待つだけだ。鍋の中でパスタをほぐさずにそのままにしておくのがコツだ。

レトルトのパスタソースは何種類も揃えてあって、その日の気分で決める。

テーブルでカルボナーラパスタを食べながら、テレビ画面に見入った。

今日も冬村が話題の中心だったが、最近の冬村の扱い方について風向きが少し変わってきていた。

コメンテーターの口調や表情が微妙ではあるが、冬村への同情へとシフトしているように見える。露骨にそんな発言があるわけではないが、場の微妙な雰囲気を読んでいる感がある。

番組は年下の男に執心した中年女性の悲劇へと舵を取り始めた、との印象を男は持った。

矢場を自殺させた原因である詰将棋界への復讐、そのきっかけをつくった『詰一』をあぶり出すための連続殺人という狂った論理はなかったことにされ、男に狂った女の話へと塗り替えられている。

マスコミ得意の印象操作というやつだ。

結局、彼らマスコミは詰将棋の世界が理解出来なかったのだろう。

それよりも中年女性の悲劇のほうが、恋愛が絡んでいるだけに視聴率を取りやすいと考えたのか。確かにマニアしか理解できない詰将棋では視聴者はすぐに飽きてしまう。

誰しも、わかりやすく、取っつきやすいものを選択するものだ。

ワイドショーの視聴者の大半は主婦だから、その方針は間違ってはいないだろう。

男はあることに思い当たった。

あの連中は冬村の事件を利用して、面白おかしく愉しんでいるだけなのだ。別の事件があれば、またそちらに乗り換える。そうやって骨の髄までしゃぶりつくす。

そんなやつらを相手にしていたのかと思うと恐怖を伴った嫌悪を覚えた。

世間を手玉に取っている私こそ本当の天才――そんな全能感が失われていく。

壮大な計画だと思っていたことは、たんに大衆に愉しみを提供しただけだったのか。

自分が作り上げた最高の作品が急激に色あせていくのを感じてソファーに背を預けた。

机の上に亡くなった妻の写真が置かれている。美しいが病弱な女だった。

男は子供の頃から愛するという感情が理解出来なかった。知識として頭で理解出来ても、体は受け入れなかったのである。

母親の怪訝そうな表情から、自分はどこかおかしいのではと思い当たってからは、全て演技で乗り越えてきた。

ペットの犬や猫を抱いても、生温かいぐにゅぐにゃしたものにしか感じられない。それよりも木や金属で出来たおもちゃのほうがいい。

両親から結婚を急かされて、見つけたのが妻だった。

妻は心臓が弱く、ほとんどベッドで過ごす生活だったが、それが男には都合が良かった。

結婚後、五年で妻は病死したが、世間は男が妻を心底愛していたと誤解して、再婚しない男に誰も疑問を持たなかった。

通いの家政婦でさえも、妻の写真を見るたびに「美しい奥さんだったんですね」と男に同情してくれる。

自分は愛情の欠落した人間だというのが男の秘密だった。それは心の奥に鍵を掛けてしまってある。

イチ君のために後追い自殺しようとした冬村に計画を持ちかけたのは、一つは実験のためだった。

冬村の過剰ともいえる愛情を試してみたかったのである。

男がもてあそんでいた妄想を、冬村が愛という名のもとに実現出来るのか——。

彼女が最後まで計画を実行出来たら、困難を乗り越えてまでも手に入れたい『愛情』というものが確かにある。それが歪な愛情であったとしてもだ。

計画が成功したら、自分にも愛情というものが実感出来るかもしれない。そんな期待は裏切られた。なにも感じなかったのである。

急に部屋に残っていたチーズのにおいが鼻についた。それと同時に喉の奥から食べたものが逆流してくるのを感じる。

日本茶でも飲んで気分を変えよう、男はソファーから立ち上がった。

誰かに見張られているような気配を感じて窓に近づいた。外を覗いても、いつもと変わらぬ風景があるだけだ。

ここは千種区にある閑静な住宅地だ。道路から離れているから誰かに覗かれることはない。

まさか、なにもヘマはしていないはずだ。それにあの事件はもうケリがついているはずなのだ。

計画が全て露わにされたら、きっとマスコミは大喜びでネタにするだろう。そのときに自分はどんな滑稽な役割を与えられるのか。それとも自分にも冬村のような信奉者が現れて大騒ぎするのだろうか。

男はいやな予感に身震いした。

2　検討

水科は、歩きながら新古書店と呼ばれる古本屋に向かった。

昨日は珍しく名古屋で初雪が降り、陽の当たらない場所には泥で汚れてココア色になった雪がまだ残っている。

足元を気にしながら、水科は事件に対する疑問点を頭に浮かべた。

殺人図式と呼ばれているあの詰将棋は誰が作ったのか。

——余詰もなく完全作であるから、詰将棋の素人である冬村ではない。内容からして矢場秀一とは思えない。だから名前の出ていない第三者に違いない。作品自体はたいした出来ではない。センスも悪いし、ただ字が浮かび上がるだけだ。それに最終手が限定されていないという欠点もある。

だから、冬村はただの実行犯で、将棋の駒みたいに利用されただけではないか。

――冬村が実行犯なのは間違いない。しかし、犯行の動機となる矢場の自殺理由が宗看賞を逃したための精神的ショックで詰将棋が作れなくなったことが確かであっても、どうしてマイナーな詰将棋の世界に冬村は詳しかったのか。そもそも、矢場が自殺したのは詰将棋と関係があったのか。矢場は恋人である三村優奈にそんな話をしていなかった。

この事件が起きてその後に変わったこと、それこそが真犯人の狙いではなかったのか。

――詰将棋への世間の関心。詰将棋界の陰の部分。限られていた世界での天才矢場秀一の評価。ほとんど世間に認知されていなかった詰将棋界という特殊な世界が公になり、話題を集めたことは特筆すべきだろう。

黒幕とでもいうべき真犯人は詰将棋界に恨みを持っている人物ではないのか。冬村の逆恨み的犯罪という動機は見せかけで、裏にはもっとしたたかな計画が企まれていたとしたら。

古本屋は暖房が効いていた。小ぎれいな店内と明るい照明で、水科は人心地ついた気分になった。

百円均一コーナーを回り、本を物色する。

買った文庫本をショルダーバッグに詰め込んで、水科は店を出た。

頬を撫でる風が冷たい。その寒さで少し冷静になった。

ふと、詰トピア編集部に電話をしてみようかと思いついた。


久しぶりに来た詰トピア編集部には殺伐とした雰囲気が漂っていた。

扉に「マスコミ各社の取材はお断りいたします」と主幹が書いたのだろう独特の字で張り紙がしてあった。

インターフォンを鳴らしても中からは反応がない。事前に電話をしておいたはずなのに、と水科は不審に思った。

携帯電話を取り出して電話をすると、ドアが開く音がした。

「マスコミがうるさくて、インターフォンを鳴らないようにしていたのよ」

ドアから外の様子をうかがうようにして鶴本の奥さんが顔を出して言った。

鶴本主幹はいささかやつれたようだが、元気そうだった。

「今回は大変だったでしょう」

水科の言葉に鶴本は苦い笑いを浮かべた。

「まったく、えらい騒ぎに巻き込まれたものだ。家内なんか息子のところに避難していたが、それでもずいぶんと気苦労があったらしい」

「でも詰将棋の知名度は相当上がったんじゃないですか。それに詰将棋創作を始めようという人もかなり増える気もしますが」

「確かに、うちでも投稿はずいぶんと多くなった。他の将棋雑誌でも同じような状況らしい。もっとも、駄作がいくら増えてもどうしようもないんだが……」

　水科は出されたお茶を一口飲むと、先ほどの考えをぶつけてみた。

　腕を組んで黙って水科の話を聞いていた鶴本は不機嫌な表情になった。また事件が蒸し返されるのが気に入らないのかもしれない。

「君の疑問もわかるが、少し考え過ぎじゃないか。そこまでの悪意を持つ人間がいるとは思えないが」

　鶴本の意見も一理ある。水科はそう思ったが、バッグから一枚のコピー用紙を取り出して、鶴本の目の前に置いた。

「これは捜査資料をコピーしたものなんですが、ちょっと見てもらえますか」

　コピー用紙を手に取った鶴本は驚きの声を上げた。

「これはひょっとして矢場くんの創作ノートなのか」

「たぶんそうだと思います。冬村の家宅捜査で見つけたんです。どうやらこっそり矢場秀一の創作ノートを部分的にコピーしていたらしいんですよ。たぶん、矢場の思い出として取って置いたのではと推測したんですが。これは表に出せないものですから、内々に願います」

　鶴本は立ち上がると、書棚にあるファイルから一枚の投稿用紙を引き出した。

　席に戻ると、二枚の紙を両手にして、見比べる。

「どうやら、本物みたいだな。これは矢場君の投稿用紙なんだが、コピーされたものと筆跡が似ているし、使っているスタンプの駒、ほら、龍のところが一部分欠けているんだが、コピーのほうも同じようになっている」

　水科は鶴本の手元を覗き込んで、指摘されたところを確認した。

　やはり、あれは矢場の創作ノートのコピーに間違いないと確信した。

「これは大発見だよ。長編専門の彼が短編や中編を創っていたとは知らなかったな。これなんか表紙詰将棋にピッタリの作品じゃないか、一度表紙に出てくれないかと頼んだことがあるが『短編は無理です』と断られた。だが権利を押さえられているから、何も出来ないのが残念だな」

　下唇を噛んで鶴本は悔しがった。

　表紙詰将棋というのは詰トピアの表紙に掲載される詰将棋のことで、十三手から十五手の短編だ。雑誌の顔となるものである。

　表紙掲載されるのは詰将棋作家として一人前として認められるようなもので、詰将棋作家を目指している人間は、一度はここに掲載されたいと思っている。

「長編ならぬ短編でも有能な人だったことは確かですよね。そこで、主幹にお願いがあるんです」

水科は考えていた計画を鶴本に話し始めた。


翌月、詰トピアに新人特集と銘打って、詰将棋が出題された。

新人作家三人の競作なのだが、その中に矢場ノートから二作品を紛れ込ませておいた。もちろんペンネームを使ってある。

無名の作家にしては無駄のない駒配置に難解な作意が秘められていて、それを解いた読者は「たいした新人が出てきたものだ」とネットで絶賛した。


詰トピアの読者の中で一番驚いたのはあの男だった。

確認する必要もないくらい、何度も眺めていたものだ。あれは矢場の未発表作に違いない。それでも念のためにとキャビネットの奥に隠してあるファイルを取り出した。

オリジナルは貸金庫に厳重に保管してある。

やはり間違いはなかった。

雑誌をテーブルに叩き付けた。

怒りで手が震え、顔は紅潮し熱を帯びたのがわかるほどだ。

編集部に抗議しようかという考えが一瞬浮かんだが、それはまずい。あんな事件があったあとだ。余計な口出しをして注目を惹くことだけは避けないといけない。

詰将棋というのは先に発表したものがその権利を持つ。作ったのが早くとも、誰かに雑誌などで発表されれば、それまでだ。傑作を一足早く発表されて泣く泣く没にしたというケースはいくらでもある。

それにしてもいったい誰があれを発表したのか。

矢場には誰にもノートを見せるなと念を押してあった。彼がそれを無視したということは考えにくい。そうなるとノートを盗み見てコピーした人間がいるということだ。

一作ならまだしも、二作揃って同じ作家の作品などという偶然はありはしない。

男はコピーしそうな人間の顔を思い浮かべた。

詰将棋に理解がなかった母親が、ノートをコピーするはずもない。となると冬村か。

一時期矢場のところに出入りして面倒を見ていたから、ノートを持ち出してコピーしようと思えば出来ただろう。彼女は矢場の影響で初心者レベルの知識はある。

あれほど余計なことはするなと言っておいたのに、たぶん矢場の部屋からこっそりと持ち出して、コピーしたのに違いない。

しかし、たとえ冬村がコピーしていたとしても、それがどうやって編集部の手に渡ったのか、それがわからない。

男は無性に酒を飲みたくなった。医者に酒は控えろときつく言われているが、今だけは酒の力を借りたいと強く思った。

完璧な計画に影が差してきた——嫌な予感に指の先が冷たく感じられて、男は指先に息を吹きかけた。

矢場に経済的な援助をしていたのは、彼の才能に惚れ込んだこともあるが、別の意味もあった。

男は矢場をゴーストライターとして使うつもりだったのである。長編作家として有名な彼に命じて秘かに短編や中編を創らせていたのは、将来男が詰将棋作家として華々しくデビューするための伏線だったのだ。

「天才作家、現る」

様々な雑誌に短編・中編作を発表して、話題をさらう。ペンネームを使い、住所は会社宛にして具体的なことは誰にもわからないようにする。正体不明の天才作家がいきなり姿を現すのだ、詰将棋界は大騒ぎするだろう。

そんな計画があったからこそ、矢場に投資をしていたのだ。自分が育てた金の卵を産むニワトリが、卵を産まなくなるとは予想さえ出来ないことであった。

そのかわりに誰もが忘れられない『殺人図式』を作り上げたのである。

どこかに、自分の作品を汚す人間がいる。

男は拳を強く握った。昔味わった屈辱が、再び心の中によみがえってくる。

3　趣向

編集部に入った水科は鶴本の表情を見て、肩を落とした。

「例のヤツだが、それらしいものはなかったよ」

「それは残念ですね。罠にはひっかからなかったというわけですか」

「作品自体は大好評で、反響はかなりあったんだが、肝心の手がかりになりそうな問い合わせはなかったよ」

鶴本は解答用紙の束を目の前において、悔しそうに言った。

「真犯人なら、なんらかの反応があるだろうから、それを突破口にという手筋だったんですが……」

「水科君、本当に裏で糸を引いている人間がいるとしたら、こいつはかなり慎重で用心深い人間だな。どうだろう。あの創作ノートを詰トピアで公開してみたらと思うんだが」

「主幹、それをやると相手の思うつぼでは。矢場さんの名前を出したとたんに、買い取った人が権利を振りかざしてくると思いますよ。あれは無名の新人だからこそ有効で、偶然同じものが出来たと主張できますからね。なんといっても詰将棋は早く発表した者勝ちの世界ですから」

「それはそうだが、あの作者は誰ですかという問い合わせもかなり来ていて、このままにしておくのはあまりに惜しいんだ」

　腕組みをして手紙の束を見つめる鶴本の表情には心残りがにじみ出ている。

「権利を押さえているという会社を少し調べてみたんですが、登記上では破産していて、そのときに債権が違う会社に移って、その後どうなったのか、私ではとても解明出来ないほど複雑なんです。二課の連中にでも頼めばなんとかなるかもしれませんが、すでに事件は解決済みですから、どうしようもないんです」

「いったん幕引きをしたら、一刑事ではもう手が出しにくいな。上の連中が何人も詰め腹を切らされたそうだしな。経済犯担当の二課に手を借りるわけにもいかないだろうし」

　鶴本の意見に水科は力なくうなずいた。なんとか相手が尻尾を出さないかと、将棋でいう『ハメ手』を使ってみたが、相手は一枚上だったようだ。

なにか打つ手はないかと考え込んだ水科は、矢場の創作ノートを眺めた。

最後のページに、矢場にしては珍しい詰将棋が記載してあるのが目に入る。

目に留まった問題図は駒の配置に特徴があった。盤面に並べた駒がハートのように見える。

矢場がこんな作品をどうして作ったのか、考えているうちに、気がついた。

矢場の創作ノートの一部分を冬村がコピーしたのは二人の記念品に取っておいたからだと、想像していたのだが、実はもっと違う意味があったのである。

水科は冬村の心情がわかると心が痛んだ。女心を利用して冬村に大量殺人を行わせた黒幕にあらためて怒りが込み上げる。

それから、一つのアイデアが閃いた。


詰トピアの誌面を眺めながら、男は考え込んでいた。条件詰の募集案内があったからである。

今回の募集は「初形曲詰」だった。初形曲詰というのは駒の配置が図形になっているもので、見た目がきれいなのが特徴だ。詰将棋にあまり興味のない人間でも解きた

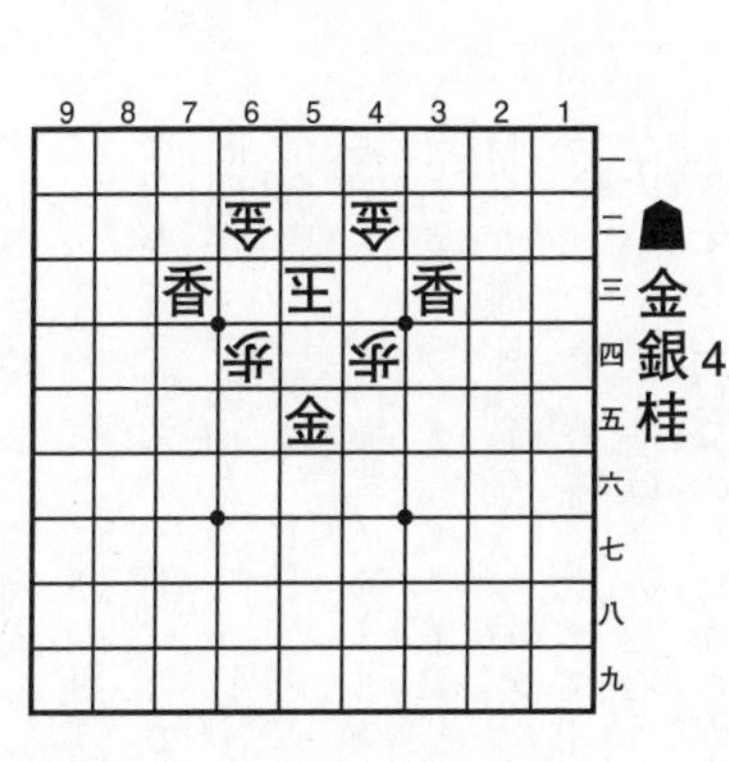

くなるので人気がある。

男が思い悩んでいるのは、その条件にピッタリの作品が矢場ノートにあったからだ。

正解手順は5四銀、5二玉、4三銀打、同衾、4一銀以下……4二成香迄の二十一手詰である。

誰が見てもわかるように将棋の駒でハートを描いているのがいい。詰将棋マニアでなくともきれいな配置だとわかる。玉を中心にして左右が対称なのも好印象を与える。

飛車や角の大駒を使わない、小駒図式と呼ばれる趣向も入っているが、なによりも金と銀の駒を全て使い切っているのが面白い。

「金銀を全て使わないと、君のハートを詰められない」

男はそんな言葉を思いつき、おかしさが込み上げてきた。なんて皮肉な意味が込められているのだろう。

詰手順はたいしたことはないのだが、矢場の作風とはまるで違っているところがいい。

手数も二十一手詰だから条件に合っている。

自分の作品として応募してみたらどうだろうか——。そんな秘めた願いが男の奥底に眠っている。それが押さえきれないほど膨れ上がってくる。

誌面に掲載された様子が脳裏をよぎる。作品が掲載されると、二ヶ月後に解答者からの短評が載る。

「初形のきれいな小駒図式らしい粘りのある手順」

「バレンタインデーにぴったりの初形曲詰。新人とは思えない」

などと評されるのが目に浮かぶ。男の頬が自然にゆるむ。

問題が一つあった。

前回勝手に矢場ノートから二作が発表された。自分に作品の権利がありながら、早い者勝ちという暗黙のルールのために抗議することも出来ずに、悔しい思いをした。

それがひっかかって素直に投稿する気になれないのである。

自分が誰かに行動をプログラムされている——そんな気がして不安になるのだ。

かといって、指をくわえて不参加というのも腹立たしい。

なにかいい方法はないだろうか。

ようするに自分の正体がわからないようにすればいいのではないのか。それならばなんとかなるかもしれない。

自分の名前で発表して賞賛を受けるというのは諦めて、架空の住所・名前で応募したらどうだろう。

男はソファーから立ち上がると、書棚に向かった。

古いミステリ雑誌を一冊取り出すと、巻末を開いてほくそ笑んだ。

今は違うが、八十年代の雑誌の「読者だより」には読者の住所が地番・アパート名まで書いてある。

それをそのまま頂こうと思いついたのである。

適当な住所をメモ書きすると知り合いの苗字と名前を組み合わせて架空の人名をでっち上げた。将棋雑誌の投稿と違って、詰トピアは入選したところで賞品・賞金は送られてこない。だから架空の住所だとしても問題はない。

詰将棋の投稿用紙をワープロで書き上げると、それをコピーした。もちろん指紋が付かないように手袋をつけて、創り上げた住所・名前を書き、それをもとに宛名シールを印刷した。

ちょうど東京に用事があるから、そこでポストに投函すればいいだろう。

男は指紋がつかないように封筒をビニール袋に入れると、作品が掲載されたときのことを思い描いて、高揚感に打ち震えた。

　水科に電話があったのは夜の八時すぎだった。昭和区で起きた保険金殺人事件が無事に解決して、久しぶりに自室でくつろいでいたときだった。

　携帯電話から、鶴本の珍しく弾んだ声が聞こえてくる。

「君の読みどおりだったよ。例の募集にノートにあったものが送られてきたんだ」

「それで投稿してきたのはどんな人物だったんです」

　水科の問いに鶴本は一瞬口ごもった。水科は嫌な予感に携帯電話を持つ手が汗ばんだ。

「名古屋あたりに住んでいるんだろうと思ったら、これが東京の中野区だった。嶋本佑一という聞いたことがない名前でね。うちの定期購読者でもないし、そこで該当住所の近くに住んでいる会員に、投稿してきた人物が実在しているのか調べてもらうように手配をしているんだ」

「東京の人だったとは意外ですね。それで封筒や投稿用紙はどんなぐあいだったんですか」

「封筒には中野区管内の消印が押してある。宛名と用紙は手書きではなく、ワープロというのか機械で作ってあった」

「かなり周到に用意されているわけですね」

手がかりを残さないように投稿してきたことには失望したが、そうするからにはなにか後ろ暗いところがあるに違いない。水科は手応えを感じた。

「わかりました。それではまた連絡をいただけますか。そのときに封筒や投稿用紙も見せてもらいます」

うずたかく積み上げられた雑誌を一冊ずつ袋詰めしながら、水科は鶴本の話を聞いていた。

「それで、結局、その住所は実在していたが、そこに投稿者の嶋本は住んでいないということだったな。アパートのドアには違う人物の表札が出ていて、郵便受けにも嶋本の名前はなかったということだ。よかったよ手紙を出さなくて、住んでいる人に迷惑がかかるところだった」

「名前は架空のものだったということですね。だけど、先ほどの投稿用紙を見たかぎりでは、投稿者は詰将棋に精通していることは確かですね」

詰将棋を投稿するのは『作意手順』を書くだけではなくて、『紛れ』という正解以外の手では詰まないことを説明し、『変化』と称する玉方の逃げ方までも説明する必要がある。

だから、投稿用紙を見れば、初心者かどうか簡単に見分けがつく。

水科は自分の考えをまとめながら作業を進めた。

学生時代に編集部に遊びに行き、何回か袋詰めのバイトをしたことを思い出していた。

バイトといっても、作業が終わってから詰将棋の本を一冊もらうだけだったが、入手困難な本が手に入ることもあって、それが楽しみだった。

あの頃は本当に楽しかった。

詰将棋に情熱を燃やしていたときの熱い感情がよみがえった水科は、しんみりとした気分になっていた。

「水科君、あの事件で裏で糸を引いているのはどんな人間だと思うかね」

黙り込んでいた水科に鶴本は声をかけた。

「詰将棋に詳しい人。募集したらあの作品を応募してきたのですから、詰トピアの読者に間違いないと思います。それと矢場の版権を全て押さえたことからして、資金力のある実業家。それらからすると中年以上の男性の可能性が高いでしょうね」

機械的に作業を続けながら水科は思考を巡らせた。

「うちの雑誌を読んでいることは間違いないだろうが、それ以上はわからない。もっとも数年前から書店にも置いてもらっているから、そこから購入している可能性はあるな」

「矢場さんの死から始まった事件ですから、犯人はその頃から綿密な計画を立てていたと思うんです。とすれば、万が一のことを考えて、読者名簿に載るようなことはしていないんじゃないですか。あれだけ巧みに姿を隠すような人間なんですから。となると、その時期を境に定期購読をやめた人物が怪しい気がします」

「なるほどな。全ては矢場君の死というのか、彼が詰将棋を作れなくなったことが始まりで、それ以前については用心深い犯人も無防備ということだな。なにしろ計画する前のことだからな。よし、それについてはこちらでもう一度調べてみる」

「それはお願いするとして、あのネットで『殺人図式』なんて呼ばれているあぶり出しの詰将棋ですが、あれは誰が創ったと主幹はお考えですか」

「あの詰将棋ともいえない代物か。あれを作った人は詰将棋のセンスはないな」

「うちの見解では冬村が考えたのだろうというんですよ。家宅捜査でもそんな形跡はなかったので、違うとは思うんですが、なにしろ上の意見には逆らえませんから」

「実行犯としては完璧な証拠があったんだろ。そうなると細かい齟齬(そご)は無視されるだろうな。なにしろ自分たちの描いたシナリオありきだからな」

　鶴本は手を止めると、昔を思い出したのか苦笑した。

「私の考えでは、裏に潜む犯人の自作ではないかと思うんですよ。少なくとも投稿用紙の書き方を知っているんですから」

「となると、詰トピアに詰将棋を投稿したことがあるかもしれないということかね」

「可能性はあるんじゃないですか。前にも言いましたが、犯人は詰将棋界に恨みを持っている人なのかもしれません」

「それはどういうことかね」

　鋭い目つきになった鶴本が水科に顔を向けた。

「この事件で誰が得をして損をしたのか、それを考えてみたんですよ。要するに動機です。実行犯の冬村については遺書が残されていて、はっきりとしています。では、裏の演出者の意図はなにか。まず、矢場さんの存在自体が有名になって、これで彼の市場価値が上がった。彼の詰将棋本とか出れば、詰将棋マニアばかりか一般人だって飛びつくでしょう。それにともなって詰将棋界はダーティーなイメージがついてしまいましたよね」

「確かに、うちの雑誌だって一時的に読者は増えたが、すぐに飽きられてまた元どおりの部数に戻りつつあるからな。少なくともなにか複雑な思いがあってそんな大それたことをしたというわけか」

　二人は何かを思い巡らすように、作業に没頭した。

　袋詰めが終わると、鶴本の妻がお茶を出してくれた。

段ボールに詰め込まれた雑誌はすぐ近くにある郵便局に運ばれることになっている。歩いていける場所にあるから、夫婦で持ち込むのだろう。

「先ほどの話だが。裏にいる人間はどうして矢場君の作品をそのままにしておくのだろうな。一部の詰将棋マニアだけの存在だった矢場君を有名にさせるという目的もあったんだろうから、なにかの行動があってもいいだろうに」

「それなんですが、コレクターというのは自分のコレクションを自慢したい半面、誰にも知られずに一人で所有することに喜びを感じることもあるんじゃないですか。昔読んだ小説にこんなものがありました。世界に二冊しかない稀覯本があり、その一冊を所持している男が大枚をはたいて残りの一冊を手に入れた。でも、それを燃やしてしまったというんです。それから『これで自分の本は世界で一冊しかないものになった』と笑ったというんです。だから世界で唯一矢場コレクションを所有しているという秘密の愉しみを手放す気はないんじゃないかと」

「世界唯一の矢場コレクションか……。確かにコレクター冥利につきるだろうな」

腕組みをして遠くを見るような目つきで鶴本は言った。

「それから、あのハート形の曲詰ですけど。あれがあったから冬村は矢場さんのノートをコピーしていたんじゃないでしょうか。自分への誕生日プレゼントと思っていたのかもしれません」

「詰将棋作家は記念に曲詰を創作するのが好きだからな。それにしてもハート形ねえ」

主幹の言葉に奥さんが珍しく口を挟んだ。

「女だったら詰将棋だって好きな人からもらえば嬉しいでしょう。それにあの形はハートにも見えるし、ダイヤモンドにも見えるから」

「ダイヤねえ。すると結婚でも夢見ていたのか冬村は——女心はわからんな」

鶴本は首をひねっていたが、水科と鶴本の妻は顔を見合わせて、うなずき合った。

4　紛れ

鶴本から報告があったのは二日後のことである。

それらしい人物が浮かび上がったというのだ。

水科はある事件を抱えていて、編集部まで出向く余裕はなかった。そこで資料を送ってもらうことにした。

送られてきた封筒には手紙とコピー用紙が入っていた。

手紙によると、矢場秀一が死んだ時期の前後に定期購読をやめた読者は十数人いるが、中部圏に絞ると二人になる。文末に二人の住所・氏名が書いてあった。

残りのコピー用紙は、雑誌に不採用になった作品のなかで、それらしいものを選んでみたとある。

条件はワープロを使って書かれている、センスが悪く、採用レベルにないもので、その後も入選していない作者のもの。

投稿用紙は盤・駒のスタンプを使ったものが多く、ワープロで作成するのは少数派だ。

そうした意味から主幹の選別は妥当なものといえる。

水科は真犯人の尻尾がつかめそうな気がしてきた。

一人目は「中村拓郎（なかむらたくろう）」、住所は天白区八事だった。あのあたりは大学がいくつもあって学生が多い。

地域課の人間に聞けばどんな人物かわかるのだが、終止符が打たれた事件を勝手に調べているのだ、そんな情報が漏れたらまずい。

残り一人は「伊藤唯和（いとうゆいと）」。住所は中区長者町（ちょうじゃまち）のビルの一室になっている。

最初に天白区のほうから片付けることにした。

天白区八事は学生の街でもある。

山手通りは瀟洒な店やマンションが建ち並んでいるが、八事霊園を下っていくと学生向けのアパートが多くなる。

中村の住所は霊園を下った、病院の近くだ。水科は住宅地図と照らし合わせながら、彼の住んでいるアパートを探した。

雑木林に囲まれた古いアパートがそれだった。貧乏学生が住んでいそうな外見をしている。

郵便受けには中村の名前はなかった。該当する部屋番号には別人のものが書いてあるから、どうやら引っ越ししたらしい。

中村は違うと判断した。大学生が卒業して、あるいは社会人で金銭的な余裕が出来て引っ越したのだろう。

経済力や社会的地位のありそうな真犯人がここに住んでいたとは思えない。

ここには見切りをつけて次の場所に移動することにした。

伊藤という男の住所は中区丸の内、長者町通の角にあるビルだった。老朽化した三階建てのビルで、その二階の一室になっている。

エレベーターはないので、階段を使い二階に上がると、突き当たりの部屋がそうだった。

スチール製のドアには『金シャチ物産』とシールが貼ってある。

伊藤の住所には『長者町企画』とあったから、すでに違う会社になっているようだ。

中からは物音ひとつしない。どうやら実体のないペーパーカンパニーらしい。

隣の部屋は空き部屋なのか、プレートさえもかかっていない。

こうなると伊藤という名前さえも怪しい。会社名にしておけば、郵便物もそのまま届くだろうからだ。

水科は、伊藤という男が冬村の黒幕ではないかと直感した。

やっと真犯人の後ろ姿を見つけたような気がする。

水科はまず三階から聞き込みをした。

三階の一室に明かりが見えた。中に誰かいる気配がある。

ドアをノックすると、鼻ピアスをした若い男が顔を出して、うさんくさい目つきで水科を睨んできた。

「二階の部屋の住人についてお聞きしたいんですが」と尋ねると「何も知らねえよ」とにべもない声が返ってくる。

他の部屋は看板が出ているだけで、ひっそりとしていた。

一階は倉庫になっているが、シャッターが下りて、鍵が掛かっているようだ。

水科は外に出て、あたりの様子をうかがった。

昼下がりだというのに、トラックが駐車しているくらいで、人の姿もまばらだ。すぐ近くには名古屋でも有数の通称「錦三（きんさん）」と呼ばれる歓楽街があるのだが。

隣のビルから初老の男性が出てきて、タバコを口にくわえるのが見えた。

近所の人間に聞けば何かわかるかもしれない。水科は男に近づいた。

「すいません、隣のビルについて聞きたいことがあるんですが」

男は禿げ上がった頭に手をやると、驚いたように水科の顔を見つめた。

「隣のビル？」

「三年くらい前に二階にいた人のことを知りたいんですよ。確か『金シャチ物産』の前は『長者町企画』だったはずなんですが」

「そんな名前のものは知らんな。ああいうとこはさ、しょっちゅう出たり入ったりしてるでよ」

男はタバコの灰を指で弾き飛ばしながら、つまらなそうに答える。

「そうですか、二階に誰か出入りしているのをご存じないですか。中年男性だと思うんですが」

「そういえば白髪頭のしこった男が入っていくのを何度か見たがや」

しこったというのは気取ったという意味の名古屋弁である。たぶんインテリじみた男だったのだろう。

水科はそのしこった男が伊藤に違いないと思った。想像していた男にイメージがピッタリだったからである。

「その男性の名前とかはわかりませんか」

「名前きゃ、そこまでは知らんけどよ。なんでもビルのオーナーらしいで。かなりの資産家だと。うらやましいこったわ」

男は吸い終わったタバコを道端に捨てると、吸い殻を靴で踏みつぶした。

水科は礼を言うと、その場を去った。

ビルのオーナーというのは貴重な情報だ。登記簿を調べれば、わかるかもしれない。

それからビルの名前をもう一度確かめた。投稿用紙に書いてあった名前とは違う名前になっていた。

水科は法務局に行き、ビルの所有者を調べた。三年前から東京の不動産会社のものに書き換えられていた。

どうやらビルは売却処分されていたようだ。手がかりはまた途切れてしまったのである。

それでも銀髪の男性、資産家、インテリ風。これだけの情報は得ることが出来た。

それは成果といえるだろう。

日曜日でも働いている人間は多いのか、昼になったとたんにスーツや作業服姿の人間が通りにあふれ出してくる。

水科は上前津に来ていた。

そういえば、ちょうどあの事件が起きる前に、ここで大量の詰将棋本を手に入れた。あれから半年が過ぎたというのに、陰で糸を引いている人間の正体を暴き出せていない。

そんなことを考えていると、水科の足取りは重くなる。

せっかくの休日だというのに、少しも楽しむことが出来ない。

気を取り直して、古本屋に足を向けた。

銀行の真向かいにある古本屋の均一本コーナーを眺めると、フレドリック・ブラウンの長編ミステリが四冊並んでいた。未読のものだけ取り分けて、手に持った。

ブラウンの長編ミステリは着想はいいけどラストが腰砕けというものも多い。それでも、そこそこ楽しめる。

昔の翻訳ミステリの良いところは、時代が違うので、時代小説を読むときのように現実離れしていて、リアル世界の憂さを晴らせるところだ。

ドアを開け、レジに向かおうとして、気がついた。昔積み重ねられていた詰トピアのバックナンバーがすっかり姿を消している。

実用書コーナーの将棋や囲碁関係の本もあのときとは様変わりしていた。見ているだけで自分が年を取ったような気さえする。

そんな感慨を覚えた水科は、ピクリと体を震わせた。

思い出したことがある。

詰将棋本を買ったとき、店主と会話をした。確か「初老の白髪頭の男性がごっそりと買い込んでいった」と話をしていなかったか。ひょっとしてそこに手がかりがあるのではないのか。

水科はレジに座っている店主に目を向けた。

本を読んでいるのは眼鏡をかけた男性だった。たぶん同じ店主だろう。

水科はレジにいる店主に尋ねてみた。

「以前にここで詰将棋の本を買ったことがあるんですが、なにか出物はありませんか？」

読んでいた本を傍らに置くと、店主は眼鏡に片手をかけて、水科の顔を覗き込んだ。

「ああ、あのときの。あれは勉強になりました。詰将棋本はプロ棋士よりもアマのほうが人気があって値段も高いんですね。組合の市なんかで探したんですが、まるで出ませんわ」

「ところで、私が買う前に白髪の男性がごっそり買い占めていったと聞いたんですが、その人をご存じありませんか。どうしても欲しい本があって、その方と連絡が取れればなと思っているんです」

「白髪の男性？　五十すぎくらいの人ですか。あの後、何度か来られて、あなたと同じように詰将棋本を探していましたけど、あれっきりのものでしてね。ご期待に添えなくて、そういえばなにかあったら連絡してくれと名刺を置いていかれましたけど」

水科の顔が期待に輝いた。

「住所か電話番号を教えていただけませんか、けっして迷惑はおかけしませんから」

店主は腕組みをしながら横目を使って引き出しのほうに視線を向ける。

「私は詰将棋を作っていまして、私の詰将棋が掲載されている本をどうしても欲しいのですが、そのときに買いそびれて、今ではどこにもなくて……それで探しているんですよ。手に入らなくともせめてコピーだけでも取らせてくれないかと」

「そういうことですか。女性にしては珍しい趣味をお持ちですね。まあ、電話番号くらいは教えますが、私のことは内分にお願いします。最近は個人情報とかうるさくて」

「もちろん、絶対にご迷惑をおかけしませんから」

水科の言葉に店主は引き出しから名刺入れを取り出して一枚ずつ調べ始めた。

名刺の裏にメモでもしてあるのだろう。店主は名刺の裏を確認しながら、やがて一枚の名刺を抜き出した。

「これだと思いますが、名前と携帯の電話番号だけしかありませんね」

水科は目の前に置かれた名刺に書いてある名前と電話番号をすばやく手帳にメモした。

店を出た水科は手帳に書いてある「伊藤唯和」という名前を見て満足の笑みを漏らした。探していた男と同じ名前だ。

店主のいう外見からしてこいつが冬村を実行犯に仕立て上げた男だろう。

水科は詰トピア編集部に電話で結果を報告した。

二時間後に編集部から携帯に電話があった。

「伊藤という男だが、調べ直したら八年前に一度だけ『詰みますか』コーナーに登場しているな。それから三年経ってから『七手詰コンテスト』で初入選だったが、余詰で失格になっている。だから、入選歴はゼロだな。水科君、こいつが例の男かい」

「これから裏を取るつもりですが、どうやらホンボシのようなんですよ」

礼を言って携帯電話を切った水科は手のひらが汗ばむのを感じた。

伊藤の名刺にあった番号にかけると、つながらなかった。今では使われていないようだ。

本庁に帰り調べてみたが、伊藤の電話はプリペイド電話のようだった。これでは足跡がたどれない。

水科は洗濯したばかりのパジャマに着替えると、ベッドに横になった。

総務部の女性から飲みに行こうと誘われたのだが、断った。女性同士でおしゃべりでもすればストレス解消になるのだが、疲れていてその気になれなかったのである。

眠れないままに、考えるのはあの事件のことだった。

伊藤という男は長者町にビルを構えていた。いまは所有者は違っているが、陰のオーナーなのだろう。他にも自由に使える場所を持っていて、そこをアジトにしていたのだ。

うちでは『南区連続殺人事件』と呼んでいたあれも、どこかにアジトがあり、実行犯の冬村と連絡を取っていたに違いない。

冬村のアパートは瑞穂(みずほ)区に近い豊(ゆたか)三丁目、働いていたスーパーとは一キロほどの距離がある。

伊藤が冬村と接触したのは、矢場が恋人にストーカーされて困っていると話していた後だろう。ストーカーしていた女性というのが冬村だった。可哀想な女性だ。親切にしていた矢場に捨てられ、あげくの果てにはストーカー扱いされていたのだから。

その後、ストーカー問題は解決したと矢場は恋人に言っていたから、伊藤が冬村につきまとわないように説得したというわけだ。

犯行現場が南区、事件の発端も南区だった。となると伊藤のアジトも南区にあった可能性が高い。

たぶん、長者町と同じようにそれは空き部屋になっているか、新しい借り手が住んでいるか。少なくとも事件の前には伊藤が使っていたはずである。

警察本部で水科は捜査二課に所属する両角を見かけた。

両角は警察学校で同期だった。大学でラグビーをやっていたというだけあって、たくましい体つきをしている。

水科は両角に声をかけ、立ち話をしながら伊藤がいた『金シャチ物産』について調べてくれるように依頼した。

「実は、親戚の就職活動でそこの名前が挙がったんだけど、どんなところか調べてくれない。こんな私用を頼むのは心苦しいけど。今度食事くらいおごるから」

捜査二課は知能犯担当だ。彼に頼んでおけば、詳しいことがわかるだろう。もちろん、どんな用件かは口に出せないから、嘘をついた。

「そのくらいは簡単だから、ヒマなときに調べておいてやるよ」

両角が深く事情を聞いてこなかったことは水科にはありがたかったが、別れ際に意味ありげな視線を送ってきたのが気にかかる。

三日後、書類仕事をやっている水科の席に、両角がやって来た。

「例のもの、調べておいたぞ」

彼はそう言うと、水科の机に封筒を置いた。

「それはどうも。じゃ、食事にでも行きますか」

水科は封筒を手にして、立ち上がった。

食堂がある地下一階に向かうと、両角は「なんだよ。うちの食堂かよ」と不満げな声で愚痴をこぼした。

「外に出ているような時間がないんだよね。そのかわり好きなだけ食べていいから」

水科はカレーを、両角はカツカレーと肉うどんをトレーに載せて、空いている席に座った。

カレーを食べながら、水科は書類を調べる。

「そこは典型的な休眠会社だな。破産して東京の会社に債権を移譲されているし、その代表者は他にもいろんな会社に名前が出ているから、それも調べておいた」

「両角は出来る男だと思っていたよ」

「で、どんなネタが挙がって、そこを突っついているんだ。就活とか言っていたがなにかあるんだろ」

そう言った両角の目つきは刑事のものだった。

封筒に書類をしまうと水科は「わるいけど、これは秘密にしておいてもらえない」と頭を下げた。

納得がいかないというふうに水科を見ていた両角は「一つ貸しだからな」と言うと、再び食事に戻った。

あのビルの代表者は伊藤のダミーとでもいうべき人物で、住所は東京だった。その人物のことは諦めて、南区のビルに当たることにした。

南区のビルは名古屋鉄道の線路沿いにあった。誰からも忘れ去られたようにひっそりと建っている。

両角からもらった資料にこのビルの一室が掲載されていた。水科はそこがあの事件のアジトになっていたのではないかと見当を付けたのだ。

一階は元は商店だったのだろうが、今はシャッターが下りたままだ。名鉄柴田（しばた）駅から歩いて三分ほどだから、昔はいい場所だったのだろう。

西側は工場地帯が広がり、名古屋港が見える。

世間では『殺人図式』事件と呼ばれている連続殺人を記事にするという触れ込みで、

水科は週刊誌記者を名乗り、付近を聞き込みに回った。

服装もジーンズにブルゾンというラフな姿で、昔流行ったルポライターという格好だ。

ほとんどの人間は水科をうさんくさそうに見るだけだが、なかには協力的というのか噂好きの人間もいる。

タバコ屋の店番をしているお婆さんがそうだった。喫煙者が少なくなったからヒマなのだろう。水科の質問に関係のないことまでもべらべらとしゃべってくれる。

「年寄りが殺されるっていって、みんなビクビクしていたもんだわ。犯人のあの女が捕まってひと安心だで。で、なんとかいったっけ、ほれ……」

「冬村美子ですね。女にしては背が高く男性的なところがあったらしいです。年は四十四歳」

「その冬村という女を見た人がござるんだわ。なんでもそこの大通りを自転車で走っていたんだと。これは大きな声では言えんけどよ。このあたりでその女、見たことがあるんだわな」

「本当ですか。ちょっとその話教えてくださいよ。タダとは言いませんから、ショート・ホープをワンカートン買わせてもらいますから」

タバコは吸わない水科だったが、あとで同僚にプレゼントすればいい。そんなことで話を聞き出せれば安いものだ。

「そうきゃ、悪いがね。事件の前だけんどよ。デカい女があのビルから出てくるのを見たことがあるんだわさ。もちろんそのときは誰かわからなかったけどよ。事件が終わってテレビを見ていたら、どこかで見たことがあるなと思い出したというわけだわ。なにしろ、ここに座っているのが商売だでよ」

「貴重な情報ありがとうございます。またなにかあったら寄らせてもらいます」

弾んだ声で水科は礼を言った。

それからビルの外観をデジタルカメラで撮影した。ビルの入り口に設置された郵便受けを確認する。

一階は空いているのか名前の欄は白紙だった。二階と三階に三部屋ずつあって、貸し事務所になっていた。

二階はデザイン事務所とイベント会社を思わせる社名が書いてある。三階は三部屋とも空き部屋のようだが、２０１号室には鉛筆書きで「イトウ」とあり、上から赤のマジックで二本線が引いてある。

ここに違いない。水科はほくそ笑んだ。

外には非常階段があるが、鍵が掛かっていた。正面にある階段を上って、二階にある２０１号室に向かう。

案の定、部屋には鍵が掛かっている。表札や看板も出ていない。耳を澄ますと、室内からはなにも聞こえない。通り過ぎる電車の音がするだけだった。

電気メーターを見ると、電気は止まっているのかなにも動いていない。

階段を下りながら、これからどうしようか考えた。

水科はふと思いついた。

二階の突き当たりにあるデザイン事務所のドアをノックした。

しばらくすると、痩せこけた顔色の悪い四十代の男が顔を突き出した。

「すいません、ちょっとお聞きしますが、201号室、あれは空いているんですかね」

「ああ、あれは物音がしないから何年も前から誰も使っていないと思いますよ。借りるんですか。ここは電車の音がうるさいし、駐車場もないからやめておいたほうがいいですよ」

「駅から近いし便利かなと思ったんですけど。家賃とかはどのくらいするんですか」

「あんまり、そうしたことは言わないでくれと管理会社から言われているんで。借りるつもりなら、そっちに聞いてみたらどうです」

「その管理会社の連絡先とかはわかりませんか」

水科が聞くと、しかたないなという表情で男は事務所に戻っていった。

ドアの隙間から覗くと、男は机の中から名刺を探し始めた。

部屋にはパソコンが三台あって、眼鏡をかけた太った女性が真剣な表情でマウスを動かしている。

男は親切に管理会社の名刺をコピーしてくれた。

水科はビルの外に出ると、公衆電話から管理会社に電話をした。

ネットビジネスを起ち上げることにしたので、201号室を借りたい、ついては部屋の詳細を知りたい——そんな嘘をデッチ上げて担当者に尋ねた。

すぐにはわからないという返事に、一時間後にまた電話をすると言って、水科は電話を切った。

ヒマをつぶしてから、再度電話をすると、担当者から「近々ビルの大幅な改修工事を予定しているのであの部屋は貸し出すことは出来ない」と返事があった。詳細を尋ねても、詳しいことはわからないというつれない答えしか返ってこない。

手応えを感じた水科は、ビルを後にした。

こうやって嗅ぎ回っていれば、いずれ伊藤を名乗る男は接触してくるに違いない。

歩きながら、水科は次の手を考えていた。

水科と佐田は南区にある前と同じ喫茶店にいた。

時間は午後九時、他に客はいない。老女がひまそうにテレビを見ていたが、店じまいしたいのか、時々二人のほうに視線を向けた。

久しぶりに会った佐田は変わっていなかった。わずかにのびた無精髭に男の色気が漂い、ゆるめたネクタイが様になっている。

水科は紅茶にたっぷりとミルクと砂糖を入れスプーンでかき混ぜる。一口飲むと佐田のほうを見ながら話しかけた。

「佐田さん、すみません。いきなり呼び出したりして。実は相談したいというか、頼みたいことがあるんです」

カップに添えられたレモンの切れ端を紅茶にひたすと佐田は「ミズちゃんの頼みならいつでも聞くよ」と答えた。

「こんなことを頼めるのは佐田さんしかいなくて、実は……」

水科は事件終了後のいきさつを全て話した。

「そんなことがあったとはね。この間は素っ気なく言ったけど、僕も腑に落ちないというか、納得出来ない部分もあったんだ。上の意向には逆らえないし、なによりも事件を終わらせて、平和を取り戻したかったからね」

「で、頼みたいのは、伊藤と名乗る男を追い詰めるための手段なんです。ここは私が囮になって、自白を引き出そうと……そこで、こんなものを用意してみたんですよ」

水科はバッグから小さなものを取り出すと、声を潜めて言った。

「大須のアメ横で仕入れたんですが、こんなに小型でも盗聴器なんです。これで犯人の自供を佐田さんに録音してもらおうと思っているんですが、ご存じのようにこれは違法捜査ということになります」

「盗聴器？　こんなものが」

部品を手に取った佐田は驚いたように言った。

「小さなほうが盗聴器で、もう一つのほうで受信して声を聞けるんです。これを小型のマイクロテープに録音してもらおうというわけですけど」

水科は佐田の反応を確かめるように、黙り込んだ。

「面白そうだから、付き合ってみようか。なんだかスパイでもやっているようでわくわくするね」

わざと内心の不安を隠すために、そんなことを言っているのだろうかと水科は考えたが、佐田の表情はオモチャをもらった少年のようだった。こんなことに付き合わせるのは間違っているのではないのか。後悔の念で胸が痛くなる。

「それで、ミズちゃん。その作戦はいつ実行するの」

目を輝かせて佐田は言った。

日曜日の夜。水科は例のビルに向かった。

建物の横に建設資材が積み上げてある。ビルのリフォームという不動産屋の話は本当だったようだ。

ビルに忍び込むのはこれで三回目だった。

わざと目立つように懐中電灯で通路を照らしながら歩いた。これなら外から見ている人間がいれば、すぐに気がつくだろう。

服装は派手な色のブルゾンにジーンズという男女どちらともつかない格好をしている。

２０１号室の前に立ち、ライトを室内に向けてみたが、窓にはカーテンが引いてあって、中の様子はわからない。

誰もいそうにない。

しばらく考えてから、階段を使って三階に上がった。ひょっとしたらと思ったからである。

わざと足音を立てて、三つの部屋を覗いてみたが、無人のようだ。電気メーターも回っていない。

どうしようかと、ポケットからいつものようにチョコバーを取り出して、それをかじりながら物思いにふけった。

アーモンドの歯応えと、チョコの甘さが心地いい。

ストレスを解消するために甘い物を取る、こんな習慣は良くないと思いながらもやめられない。

包装紙を手の中で丸めたそのときに、後ろに誰かが立つ気配がした。

振り返ろうとした水科の首筋に熱いものが走った。体が電気に触れたように痺れて、意識が飛んだ。

5　作意

意識が戻ると、目の前は真っ暗だった。水科は体を動かそうとしたが両手は後ろ手に縛られている。

皮膚の感触からするとビニール製の結束バンドが使われているようだ。足首も同じように固定されていた。

頭にはスキーマスクのようなものをかぶせられ、まぶたには厚い布のようなものがあたっている。

遠くから自動車の音が聞こえてきた。

目が見えないからわからないが室内で監禁されているようだ。履いているスニーカーの先から冷気が忍び込んでくる。

目が見えないぶん、聴覚が鋭敏になっていた。水科は部屋の奥に誰かがいる気配を感じ取った。耳を澄ませると人間が立てるかすかな雑音が聞こえた。

水科は思いきり自分の体を揺さぶった。椅子のようなものに腰とももが縛られているようだった。乱暴に動いたので、体が倒れそうになる。

「静かにしろ」

男の声がした。長いあいだ人と話していないといったしわがれた声だった。

「あんたが伊藤か」

声しかわからないが、水科はハッタリでそう言った。

「やはり、そういうことか。嗅ぎ回っている者がいるから、さらってみたが伊藤なんて男はもういないよ」

「いや、あんたが伊藤と名乗っていたことは事実だろ。詰トピアの読者で、詰将棋本のコレクター。それに詰将棋も作っていたはずだ」

「ほう、そこまで調べ上げたのか。さすがは愛知県警の巡査部長さん。水科とかいうんだよな。外見ではわからなかったが、声からすると女性刑事だな」

男は嘲るように言った。声の調子の奥に虚勢が紛れ込んでいるのを水科は嗅ぎ取った。

名前を知っているのは、気絶している間に警察手帳を調べたのだろう。手帳はいつも携行を義務づけられているからしかたない。

「はっきり言う。私はあんたがあの南区連続殺人のホンボシだと思っている。冬村はただの実行犯だったんだろ。彼女の矢場への恋心を利用するとは汚いやり方だ」

水科はわざと威圧するように男っぽい口調で話した。

「あれはすでに終わった事件だ。なにしろ警察の公式見解だからな。……そうか、それでおまえさんは一人で行動していたわけだ。ドラマや小説では刑事は二人で調べ回るらしいからな。ということは上司になにも言わずに、勝手にこんなことをやっていたのか。これが上にわかったら、まずいことになるんじゃないかね。水科君」

細かいところに頭が回る男だ、確かに本庁に知られると困ったことになる。それに頭のいい伊藤のことだ、このことだって、泥棒と思ったから捕まえたら刑事でしたと言われておしまいということもある。こちらは刑事と名乗ったわけではないのだ。

「好きなようにすればいいさ。とうに覚悟は出来ている。それとこの邪魔なものをどかしてくれないか。私が刑事だとわかったからには、これ以上やったら、そっちだって言い訳できないだろ」

男は黙り込んだ。どうすべきか考えているのだろう。

「わかった。目が見えるようにはしてやろう。だけど拘束はさせてもらうよ」

男は足音も立てずに、近づいてきた。

もったいをつけるように男は水科の体を椅子ごと半回転させた。それから目出し帽とアイマスクを取り外し、紙袋に入れる。

部屋は照明がなく薄暗かった。

男はニット帽をかぶり、マスクをしている。ゆったりとした防寒コートを身につけているから体型がわからない。表情はサングラスで隠している。

自分の体を見回した水科は、腰とももが粘着テープで椅子に縛られているのを知った。ズボンのバンドについているバックルは無事だ。

粘着テープの下は薄いタオルのようなものが取り付けられている。結束バンドも直接皮膚にあたらないようになっている。

どうしてそんな面倒なことをしたのか、水科は嫌な予感に顔をしかめた。

たぶん、拘束していた証拠が残らないようにしたのだろう。そんなことをする理由といえば――。

「伊藤さん。細かいことは抜きにして、はっきり言う。あなたが起こした事件の動機は、詰将棋界への恨みと、事件で有名にした矢場さんの著作権を押さえて、彼の作品を独り占めにすること。そうでしょ」

水科は高圧的な態度をやめ、女性的な言葉遣いへと変更した。

男は水科の問いに鼻を鳴らした。大きなマスクを下にずらすと、口を開いた。

「仮に伊藤という男がいるとしよう。もちろん私は無関係の人間なんだが、彼の気持ちがなんとなく理解出来る。ここからは推測だが、私の考えを話してやろう」

男は気を持たせるように間を置いた。

水科はさりげなくあたりを見回した。

窓にはブラインドが下りていて、外の風景はわからない。夜明け前の頼りない明かりがブラインドの隙間から差している。

室内は殺風景で、男が座っている椅子とテーブルがあるくらいだ。壁際には段ボールが積まれていた。

倉庫代わりに使っているビルの一室というところだ。

「伊藤という男は資産家の生まれでね。それに頭も良かった。だからなにをやってもうまくいった。あまりに順調だと退屈するらしいんだ。女でも名誉でも金があれば簡単に手に入る世の中だからね」

男は顔の前で両手を合わせると、再び話を始めた。

「そうなると滅多に手に入らないというか、金では買えないものが欲しくなるらしいんだ。元々がミステリとかパズルなんかが好きな性格で、あるとき出会ったんだ、詰将棋に。君みたいな刑事に詰将棋の魅力はわかるまい。事件の捜査で少しは知識があるようだが。あれは実に奥深いものだよ。まあ、パズルの王様といったところかな。本当に魅力のある女が金ではなびかないように、詰将棋というのは性悪女の性格を備えているんだ」

男は悪夢を思い出したというように顔を歪めた。水科は口を出さずに黙っている。

「そんなわけで伊藤は考えを改めた。詰将棋の世界が自分の思いどおりにならないのなら、搦め手で行こうとね。そこで矢場君という天才を見つけた。彼を経済的に援助することにしたんだ。なにしろプロ棋士のしょうもない詰将棋が一題何万円もするというのに、彼の作る傑作は一円にもならないんだ。どう考えても理不尽だろ。しかも詰将棋の世界というのは金のことはいわない暗黙のルールがあるらしい。そこがアマチュアの良いところでもあり、悪いところでもある」

男は喉が渇いたのか、ペットボトルを手にすると一口飲んだ。

「援助を受けた彼は喜んだよ。生活の心配がなく詰将棋創作に打ち込めるからね。伊藤というのは実業家でもあるからね。いくら趣味といえ、金を使うからには元を取る。矢場君には長編だけを発表させて、秘かに短編や中編を作らせていた。これは将来の投資だったんだ。その意味がわかるかい」

秘密を打ち明けるときの薄笑いを浮かべた男は水科に尋ねた。

矢場が長編しか発表しなかったのは、彼の意志ではなくて、伊藤がそうさせていたということに水科は息をのんだ。創作ノートの一部分だけしか見ていないので、あれは素材とか覚え書きだと思っていたのだが、あれは完成品だったのである。

「それはあなたが矢場さんの作品を独り占めするためだったんでしょ」

水科の答えに、男は腹を抱えて嗤った。

「その意見は傾聴に値するが、もっと違う意味があったんだ。それは矢場をゴーストライターにするという計画だったわけさ」

水科の反応をうかがうように男は一呼吸置いた。

「伊藤というのは詰将棋を作るのに憧れて自分でも創作してみたんだが、評判は今ひとつでね。一度だけ雑誌に入選したんだが、新人を潰そうというのか酷いことを書く解答者がいたり、作品の粗を探して不完全だなんて指摘したりと。それでやめたんだ。だから矢場君の作品でみんなをあっと言わせたいと思ったらしいんだ。それも詰トピアや他の将棋雑誌にまとめて投稿して、まさに『驚異の新人、現る』とやりたかった。いずれは作品集とかも出してね」

「プロ棋士がアマの作った詰将棋を買い上げたり、ゴーストとして雇っているという噂は聞いたことがあるけど、有名作家をゴーストにして詰将棋界にデビューするというのは考えたものね」

「おや、水科君は女にしてはやけに詰将棋に詳しいね……まさか」

男はそう言うと、手元にある警察手帳をじっくりと眺めた。

「水科優穀、おまえだな。私の作った詰将棋にケチをつけたばかりか、余詰を指摘してバカにしたのは。詰トピアの裏表紙に主幹が『水科君は私の後輩になるらしい。優秀な人間だから世の中の役に立ってくれるだろう』と書いていたから、愛知県警に入ったんだろうと思っていたんだ。だからあんな事件を起こせば、おまえも関係者として参加するだろうという読みがあったのさ」

男は怒りのためか演技するのを忘れ、伊藤としての素顔をさらけ出した。

水科は唇をきつく結んだ。

「まさか、こんなところでお目にかかれるとはね。どうだい、警察官として恥をかかされ、世間から無能とののしられた気分は。何も出来ずに右往左往している中におまえもいるだろうと思うと、実に痛快だったよ」

男は立ち上がると、水科に向かって指をさした。興奮しているのか指先が震えている。

そういえば、主幹が伊藤は余詰失格で入選なしだと言っていた。

「余詰作をいくつか指摘したことはあるけど、あなたの作品かどうかはわからない」

水科は返事をしながらも、暗い記憶がよみがえってくるのを感じて、生唾を飲み込んだ。

「この期に及んで、おめおめと、絶対におまえだ。得意げに私に恥をかかせるように短評を書いていただろ。あんなことがなければ……。いいか、プライドを傷つけられただけで自殺する人間もいるんだ」

　気持ちを落ち着かせるように男は深呼吸をした。

「あの矢場君だって、あれだけの才能があって、いつかは宗看賞を取ると断言していて、結局取れなかったんだ。最後は受賞確実だった詰将棋が心ないヤツの余詰指摘でダメにされた。それもだ、作品発表時に指摘するならまだしも、選考が始まったときに読者欄で指摘するという意地の悪さ。おかげで彼は精神的なダメージをこうむり詰将棋生命を絶たれることになった」

　男は手で首をなでながら、口を開いた。

「そのせいでこちらは計画を変更せざるを得なくなった。なにしろ五十作ほどしか作ってなくて、作品集としては中途半端だったからな。金の卵を産むニワトリがなにも生まなくなったら、ただのゴミだろ。おまけに恋人が出来たから詰将棋の世界から足を洗うだと。そんな勝手なことが許されると思うか。今までの投資が全て無駄になってしまうだろ」

　男は伊藤という男を演じることをやめ、素の状態になっていた。冷静さを失うほど怒りを覚えているようだ。

「ひょっとして、矢場さんの自殺はあなたの偽装だったわけ」

「利用価値がなくなったら処分する、それは当たり前だ。あのまま腑抜けになって生きていてもしかたない。それだったら天才詰将棋作家のままで死んだほうがどれだけましか、人間は死に際が一番肝心なんだ。おまえだってしょぼくれた詰将棋しか創れなくなった矢場なんぞ見たくないだろ」

「利用価値のあるときはちやほやして、なくなったらゴミのように捨てる。ということは冬村美子もあんたにいいように利用され、まさに捨て駒のようにされたわけだ。しかしどうやって冬村のことを知ったの」

「なんとでも言うがいい。あの女は矢場がストーカーされて困っているというから、相談に乗るふりをして、いつか使おうと考えていたんだ。矢場の無念を晴らすためにはあなたの力が必要だと説得したら、あいつから積極的に応じてくれたよ。どうせ後追い自殺するつもりだったんだ。一度死ぬ覚悟を決めたんだから秀ちゃんのためになんでもやりますとさ。だから、私が全ての計画を練り上げて、策を授けてやったのさ。今頃は地獄で私に感謝しているよ」

水科はうなり声を上げげた。椅子からテープを引き剝がして、男に飛びかかりたい。しかし粘着テープはしっかり太ももを固定しているから、立ち上がることも出来ない。

「どうした。立ち上がれまい。せいぜいあがくといい。水科君、あんたには毒を飲んで死んでもらう。警察官の自殺はよくあるらしいからな。それとも、女性だから恋愛問題のもつれとでもしたほうがいいかな」

やはりそうだったかと水科は思った。粘着テープの留め方や結束バンドを見て、嫌な予感はしていたのである。

「あんな事件を起こしたのは、ただ自分の頭の良さを証明したかっただけなんでしょ」

「そんなところだが、もう一つ理由がある。それは矢場君の宗看賞を潰して、彼の将来を台無しにしたあの余詰を指摘した「詰一」とかいうヤツをあぶり出すということだ。あれだけ事件で話題になれば、自然にあぶり出されてくるに違いないと読んでいたのだが、結局わからなかった。それが残念でしかたない。ペンネームであんな指摘をするなんて卑怯な人間さ」

水科は黙り込んでじっと待った。

男は水科をどう料理するか見計らっているというように無言になった。

急に目を見開いた男は膝を叩いた。

「ひょっとして、詰一とかいうのはおまえじゃないのか。そういえば矢場君がダメになる頃、詰トピアの誌面から姿を消していたな。私は水科という名前に注意をしていたんだが、いつしかいなくなっていて仕事で忙しいのだろうと考えていたが。どうだ、そうなんだろ。それに詰一の話題が出たら、急に黙り込んで、それには触れてほしくないとおまえの表情が物語っているぞ」

男の言葉に水科はあのときの感情がよみがえるのを感じた。

警官を拝命してから詰将棋界からは遠ざかっていた。詰トピアもたまに解答を書いたりするくらいだった。四年前からは雑誌を購読することさえやめていた。

たまたま書店で見た詰トピアにあの作品が載っていたのである。

矢場の宗看賞候補作を初めて見たときの感動。龍と銀とで玉を追い回す龍追い趣向と呼ばれるもので、その間に複雑な合駒が絡む。なによりも見事だったのは盤面十枚でその仕掛けが出来上がっていたことである。

さらに手が進むごとに合駒で盤面が埋められていく。それが後半になるとガラリと一変して、盤面から姿を消していく。最後は盤上四枚で詰上がる。

そんな傑作だったが、二ヶ月後に解答が発表になってから、激震とでもいうべき衝撃が走った。

正解者がたった二人だったのである。

趣向部分である繰り返しに罠が仕掛けてあった。あるときだけ玉方の鬼手とでもいうべき絶妙の合駒で詰まないのだ。そのときだけ龍が一間ずれて王手をする必要があり、そこからまた別の趣向が始まるというのが正解手順だった。いわゆる詰将棋用語で『偽作意』と呼ばれるトリックが作品の眼目だったのだ。いかにも正解という手順を用意しておいて、罠に嵌める。意地の悪いトリックではあるが、作品の作り手には魅力的な手法ではある。

水科はその作品を将棋盤に並べていて、ある発見をした。絶妙の合駒で詰まないはずの偽作意に詰がある。余詰で不完全作だったのだ。

大傑作に欠陥を見つけた水科は勢い込んで詰トピアにそれを投稿しようと考えた。

そのとき、悪戯心が湧いた。

ペンネームでそれを編集部に投稿したのである。

人々が傑作と呼ぶ作品をぶっ潰す。偉人の像を引き倒すような快感があって、それが本名で投稿することを拒んだのであった。

それに当時は購読者ではなかったこともあり、自分のことなど皆忘れているだろうという思いもあった。

その後、矢場秀一が作品を発表しなくなり、誌面から消えていったとネットの掲示板で知った。それがきっかけで水科は本格的に詰将棋の世界から足を洗ったのである。

「君があんなことをしたのは矢場に嫉妬していたからじゃないのか。君も詰将棋作家の端くれなら知っているだろ。『将棋図巧』と『将棋無双』、あの二つの詰将棋集、どちらも七十三番が不詰だろ。あれだけの作品集にあんな不詰作があるなんて、おかしな話だと思わないか。どちらも江戸時代の名人にして詰将棋の天才なんだ。余詰ならまだしも、どうして詰まないことがわからなかったのだろう」

男は水科に問いかけるように言った。

「これは私の個人的な見解だが、あれはわざと七十三番だけ詰まないようにしたのではないのか。江戸時代は迷信や呪いがまかり通っていた。で、あまりに完璧なものは神様の嫉妬を呼んで、不幸をもたらすといわれていたんだ。だから、あの二人の天才は故意に不詰作を紛れ込ませて、神の嫉妬を受けないようにしていたのではないのか」

真偽のほどはわからないがユニークな考えだ、と水科は思った。

「いまになって思うと、矢場君のあの作品は神からも嫉妬されるようなものだったのかもしれない。だから、君があの余詰を指摘したのは、神の啓示だったのかもしれないぞ。あんな余詰筋を発見したなんて、自分でも不思議だとは思わないかい」

男の口調は先ほどの興奮した状態から一転して諭すようなものへと変わっていた。

水科は伏せていた顔を上げると、男のほうを見つめた。

意外な話だった。それに男の言っていることが水科の頭にすんなりと入り込んで理解出来たことも驚きだった。

自分でもあの余詰筋をどうやって見つけたのか、意外だったことは確かだ。まさに男の言う『神の啓示』だったのかもしれない。

そう考えると、体の中から妙な感覚があふれ出してくる。自虐感とも、歪んだ至福感ともいえるものだった。

喉が渇いて息苦しくなった水科はつばを飲み込んだ。

「ところで、矢場君に悪いことをしたと思っているのなら、簡単な詫び状を書いてくれないか。そうすればここから解放してやろう。さっきは毒殺なんていったが、なにただのハッタリさ。この場所がわかるとまずいから、少し睡眠導入剤で眠ってもらうけどね。その後、私はきれいに世間から消えてみせる。それで手を打とうじゃないか」

水科は少し考えてから「それよりも喉が渇いて死にそう」としゃがれた声で叫んだ。

「ここに別のペットボトルがあるからいくらでも飲ませてやるよ。だから、この紙に一言書いてもらえるかな」

机の引き出しを開ける音がして、男は一枚の便箋を手にした。

男は用心深く水科のほうに歩き出した。ブラインドからは朝の木漏れ日が差してきた。いつの間にか夜が明けたようだ。電車の走る音が聞こえてくる。

男がベージュ色の薄いビニール手袋をしているのを見た水科はやはりと思った。

水科の後ろに回った男はそのまま椅子を押し出すようにして動かした。机の前まで椅子を移動させると、水科の両手を縛っていた結束バンドを外し、左手だけを椅子のパイプ部分に縛り直す。

目の前に置かれた便箋と万年筆を見た水科は「ちょっと手が痺れているから、直るまで待って」と男に話しかけた。

「それもそうだな。書き終わったら、これで喉を潤してくれ」

男はそう言うと、ペットボトルのキャップを外し、背広のポケットに入れた。

右手をブラブラと振っていた水科は「なんて書けばいいの」と男に尋ねた。

「そうだな『今回の事件の責任はすべて私にあります。皆様に多大な迷惑をおかけしたことを心からお詫び申し上げます』とでも書いて、下のほうに署名してくれればいいだろう」

万年筆を手にした水科は覚った。

そうか、こうやって矢場の遺書を偽装したのか、彼に始末書のような詫びを入れる書類を書かせたのだろう。それならば自筆の上に本人の指紋も残っているから、誰も偽装だとは思わない。

矢場は始末書を書いているつもりで、死刑の宣告署にサインをしていたのだ。それから白鳥公園に呼び出され、毒入りの缶コーヒーを渡された——。

水科が万年筆を手にすると、男はペットボトルのキャップをポケットから出して閉め、机の上に置いた。

そのとき、ドアのほうから声がした。

「愛知県警ですが、誰かいますか。怪しい男が忍び込んでいると通報があったんですが」

「佐田さん、ここです」

水科は大きな声で叫んだ。

「ミズちゃん、大丈夫か。今からドアを開けるから」

「なんだと、おまえら騙したな」

水科は思い切り体を後ろに回すと、手に持った万年筆を男の顔に突きつける。

驚いた男は後ずさったはずみに、足をもつれさせてひっくり返った。

ドアをこじ開ける音が聞こえる。

男は飛び起きると、窓に向かった。壁際に置いてある避難はしごを手に取る。

窓を勢いよく開けると、はしごを窓枠に取り付けようとするが、焦っているのかうまくいかない。

男は後ろを振り返った。

鉄材を手にした佐田がドアをこじ開けて部屋に入ってきた。

水科は空いた手で拘束バンドを外すと、体に巻き付いた粘着テープを引き剝がした。

男は窓際にはしごを設置すると、外に背を向けて下り始めたが、一瞬だけ下を見て、怯えた表情になる。

ここがビルの三階だったことを思い出したのだろう。

鉄材を投げ捨てた佐田が窓から首を突き出して「危ないぞ」と声を張り上げた。

男はその声に顔を上げ、佐田の表情に、足を速めたが、それがいけなかったのか、はしごから足を踏み外した。

佐田は男の腕をつかんだ。そのはずみに体が窓の外へ引っ張られる。

水科が後ろから佐田の体を押さえなかったら、二人して落下したかもしれない。

二人の力で男の体は持ち上げられて、室内へと引き上げられた。

男は肩を震わせ、荒い息をしている。先ほどまでの傲慢な態度は微塵も見られない。

「伊藤さん。実はここの会話は全て機器で録音されていたんですよ。で、あなたも罪を認めて、自首してくれませんか」

水科はベルトのバックルに付けた盗聴器がよく見えるように、男の目の前に差し出した。

「そうか、最後の詰めで失敗したようだな。まあ、少なくとも私の名前は永遠に詰将棋の歴史に刻まれたわけだ。もっとも正式には誰も認めないだろうが」

そう言って男は力なく立ち上がった。

「手錠をかける前に、喉が渇いて死にそうなんだ。飲み残しのペットボトルから一口飲むくらいはいいだろ」

男は机の上にあるペットボトルに向かって歩き出した。

佐田は携行している手錠を取り出して、身構えた。

男は急に機敏な動きになると、机に置いていたペットボトルを手に取り、キャップを外すと、一気に口に含んだ。それから男は身もだえるように机の上に倒れ込んだ。

「しまった。佐田さん。救急車を呼んでください」

水科は男に駆け寄り「しっかりして。どうして死ぬの」と口に指先を突っ込んで吐き出させようとする。

「私は自殺ということにしてくれ、あいつらマスコミにネタにされて愉しまれるのは我慢がならないんだ……頼む」

男はそう答えると目を閉じた。

水科は男を抱きかかえながら唇を噛んだ。

自分に飲ませようとした毒を男が飲もうとは予想もしなかったからである。

携帯電話をかけ終えた佐田が、水科に近づいてきた。

「佐田さん、グッドタイミングでした。よくここがわかりましたね」

「最初はミズちゃんの言っていた部屋を見張っていたんだけど、どうもいるような気配がしないから、三階に上がってみたら、部屋の前にこれが落ちていたからね」

佐田が差し出したのは水科が食べていたチョコバーの包装紙だった。

「ほら、賞味期限が今日までなんだよね。鍵が掛かっていたから、入り口にあった建設用資材をちょっと拝借したというわけさ」

「佐田さんの観察力に助けられましたね。それにしても伊藤も自殺することはないでしょうに」

　水科は動かなくなった伊藤を見ながら言った。

「誰かを妬んでいたことを他人に知られるのが恥ずかしかったんじゃないかな——それこそ死んだほうがましなくらい屈辱的な出来事だったのさ」

「プライドの問題ってことですか」

「妬みという感情は自分が手に入れたいと願っているものを他人が持っていると生まれるんだ。その妬みを知られるのは、自分が他人よりも劣っていることを認めることだからね。プライドの高い人ほどそれは耐え難いものなんだろ」

　佐田の言葉を理解しようとして水科は気がついた。イチ君の作品を指摘した自分の行為もある種の妬みからだったのかもしれない。

6　詰上り

詰トピア編集部に重苦しい空気が漂っていた。窓の外では冷たい雨が降っている。

「それで、水科君は謹慎中というわけか」

「一応、有給休暇を取っていることになっていますが、そんなところです。上のほうの処分待ちというわけです」

水科は編集主幹にあの日の出来事を全て報告した。守秘義務はあるのだが、主幹の鶴本には話しておくべきだと考えたのである。

「だけど、たいした根性ですよ、ミズちゃんは。一度解決した事件を自分の力で調べ直して、黒幕をあぶり出したんですから」

お茶を飲みながら佐田が感心したように言った。

「その黒幕、伊藤と名乗っていた男は結局、誰だったんだい」

「なにしろ用心深い人で、死んだときも免許証すら持っていなかったんです。それで顔写真を免許証のデータと照合したところ、やっと判明しました。名古屋市千種区に住む資産家で実業家の伏田俊彦（ふしだとしひこ）という名前の男でした」

「なに、伏田俊彦？　それは本当かい」

「えっ、ご存じなんですか」

驚いた水科の問いに鶴本は苦い表情になる。

「二年ほど前から、うちの詰トピアに援助をしてくれていた人がいて、それが伏田俊彦というんだ。まさかあの人がな。詰将棋に理解と愛情があって、経済的な支援を受けていたんだ。そのことは絶対に秘密にしてくれと言われていたから、名前は出さないでいたんだが。本当に彼だとしたら、うちにとっては大ダメージだよ。そういえば彼は千種区の高級住宅地に家を構えていると言っていたな。だから間違いはないんだろうが……そうか、彼には毎月雑誌を三冊送っていたから、それを読んでいたんだな」

詰トピアには援助者というのか相撲でいうところのタニマチ的な人間がいると、水科は聞いたことがあった。まさかその人間が伊藤を名乗っていたとは。

「伊藤は矢場秀一を殺す前に誌面から姿を消し、次に援助者伏田として現れたわけですね。本名を使ったのは、犯行計画に自信があったからでしょう」

水科は伏田の最期を思い出しながら言った。

「それだけの愛情を注ぎながら、裏では詰将棋界への復讐を企んでいた、経済的には支配していても、自分は詰将棋作家としては認められない。金で買った愛人の体は自由に出来ても、心は手に入らないから、虐待してしまうみたいなものですかね」

佐田はため息をつくように言った

水科と鶴本は互いに顔を見合わせた。

「それはそうと、矢場君の創作ノートはどうなったのかな。それが気になるんだが」

話題を変えるように鶴本は水科に尋ねた。

「それなんですが、見つからないんですよ。なにしろ伏田は有力者ですし、表向きは彼の自殺ということで解決しているので。あまりほじくるとやぶ蛇になると、うちの上層部も及び腰で。関係先をガサ入れはしたんですが、創作ノートだけは出てこなかったんです。貸金庫らしき鍵があったんですが、それに関しては令状が出なくて。矢場さんの権利関係の書類と一緒に秘蔵されているんでしょうね。どちらにしても書類上は彼の物ではなく、どこかの会社の所有物ということでしょうから」

「それは残念なことをした。どっちにしても彼の作品は表に出てこないわけだが、どんな作品があったのか、それを見てみたかったな」

「伏田は矢場さんをゴーストライターとして養成していて、いずれは伏田自身の作品として派手にデビューするつもりだったようですから、あのハート形は別にして、かなりの傑作揃いだったと思います。確かに詰将棋界としては損失でしょうね」

鶴本は水科の言葉が耳に入らないのか、和服のたもとに腕を入れたまま考え込んでいる。

「少し考えたいことがあるから、悪いけどここまでにしてくれるか」

沈んだ声で鶴本は言った。

編集部を出ると、雨は雪に変わっていた。

綿のようにふわふわした雪が地面に落ちると水たまりに消えていく。

「編集主幹はずいぶんと気を落としているようだったけど。大丈夫かな」

佐田は雪空を見上げながら言った。

「主幹は以前に病気で手術をしたことがあって、無理はしないようにしているらしいんですが、奥さんがああ見えてもしっかりしているから、心配ないと思いますよ。それよりも、伏田が詰トピアのパトロンだったとは思いませんでした」

「裏から搦め手で詰将棋界を支配しようと考えていたのだろうね。狭い世界だから簡単に手に入るとでも思っていたんじゃないかな」

「そこまで考えていたんですかね。最初は純粋に応援するつもりが、自分の思うようにならなくなって、そこで愛情が憎しみに変わっていったような気がするんですが。ところで、佐田さんは大丈夫だったんですか。なにかあったら、私が責任を取って辞職でもなんでもしますから。なにしろ佐田さんは命の恩人ですからね」

水科は地下鉄の駅に向かいながら、佐田に話しかけた。

「ミズちゃんには借りがあるからさ。こっちは期待されていないぶん気楽なもので、たいしたおとがめはないみたいだよ」

水科は佐田の表情を横目でうかがいながら、それが本当なのか確かめようとした。

無邪気な横顔からすると、本当に佐田には迷惑をかけていないようだ、と水科は胸をなで下ろした。

「名古屋で雪とは珍しいですね」

コートの袖に落ちた雪を振り払いながら水科は言った。佐田が傘をささないので水科も傘を使えない。

「子供が雪だるまを作れると嬉しいんだけど」

「そんなに雪が降ったら名古屋はどえりゃーことになってしまいますよ。交通はマヒして、名鉄だって運休になってしまうでしょ」

「それもそうだ。交通課はさぞかし事故処理で大変だろうね」

佐田は笑いながら答えた。

水科は立ち止まると真剣な表情になった。

「佐田さん、あのとき盗聴器で聴かれていたからご存じだと思いますけど。私が事件の端緒をつくっていたんです。まさかあんなことが大事件を引き起こすなんて」

「ミズちゃんだって、伏田に利用された一人なんだよ。それにイチ君だって、詰将棋が作れなくっても、それを受け入れて恋人と楽しくやっていたんだ。彼は誰も恨んでいなかったんだからさ。人間の弱さにつけ込んで、自分のために利用した悪魔のような伏田が悪いのさ」

佐田は水科の肩に両手を置くと、励ますように笑いかけた。

右腕で表情を隠した水科の頭に雪が降り積もる。彼女の髪が白く染まった。

7　結果稿

水科は人事異動で本庁から知多西署に配属された。

知多半島は温暖なところだ。海に囲まれているから海鮮物がうまい。あのエビフライもこの知多半島が発祥といわれている。

都落ちかもしれないが、まだ現役刑事でいられることに感謝していた。公務員は数年単位で部署が替わる。同じところに長くいると業者と癒着したりするからだ。

書類を作成していると、携帯電話が鳴った。

かかってきた相手は詰トピアの鶴本からだった。

「水科君か、あの件だけど。伏田氏の弁護士から連絡があって、今後も援助を受けられることになったよ。なんでも遺言にそうした文言が書いてあったというんだ。経済的な面は助かったが、私も年だから、そろそろ後継者でも探そうかと考えている。それであれについては君の胸だけにとどめてほしいんだ」

「もちろん、漏らすつもりはありません。安心してください」

「それを聞いて、引退するのが楽になったよ。私は墓場まで秘密を抱えていくつもりだ。君も才能があるんだから、またこっちの世界に戻ってきたらどうだね」

鶴本の言葉に水科は戸惑った。気を取り直して「そうですね。ヒマになったら考えてみます。主幹の引退は残念ですが……」

電話を切った水科は肘を机につけて考え込んだ。

伏田のことで念を押してくることに違和感を覚えた。

言われなくとも、口外する気はない。そんなことは主幹もわかっていてくれると思っていたのだが――。そうか、遺族からしてみれば詰トピアを援助するのは口止め料の意味があるのかもしれない。それを嗅ぎ取った主幹が迎合したのか。だから引退というのは主幹のけじめなのかもしれない。

ノートパソコンの画面に影が差した。背後に誰かが立つ気配を感じて、水科は振り返った。

総務課の浦野梢(うらのこずえ)が腰を屈め、水科の顔を覗き込むようにしている。

水科の驚いた表情を楽しむように、彼女の目元には薄笑いが浮かんでいた。

「これ、恋人から……」

彼女はそう言うと、もったいぶった手つきで、クリーム色の事務封筒を差し出した。

なんだろうと思いながら水科はそれを受け取り、差出人を見てみた。

見慣れた文字で「佐田啓介」と書いてあった。手触りからして、中身は薄い本のような物だ。

あとで見ようと引き出しにしまおうとしたときだった。

「ねえ、見もしないでしまっちゃうの。ちょっと冷たいんじゃないの、それって」

梢の言葉に、水科はそれもそうだなと思った。せっかく送ってきたものを開けもしないで、しまい込むのは礼儀知らずといわれてもしかたない。

それに、興味津々という様子で瞳を輝かせている梢に抵抗できるわけもなかった。

佐田ファンはこんなところにもいるのだ。

水科は「わかりましたよ。開ければいいんでしょ」と封を切り、中身を取り出した。

本というよりも、冊子というべきだろうか、プリンターで打ち出して、それを二つ折りにして、真ん中を丈夫な糸で綴じた、いかにも手作りという物だった。

タイトルは『君と僕が望んだ永遠――佐田啓介詩集』。永遠の横には「とわ」とわざわざルビが振ってある。

首筋に冷水を注がれたような衝撃を受けた。まずいと思った水科は、すぐに冊子をしまおうとした。

梢の細い腕がするりと伸びると、水科の手首をつかみ、固めた。

彼女は小柄な体格に似合わず、男性と対等に相手ができる逮捕術の猛者である。一瞬にして水科は動きを止められた。

梢は冊子を水科から取り上げると、ページを開き、読み始めた。

「月に届くはしごがあったら、君のために月のかけらを取りに行くのに……」

水科は耳をふさぎたかった。

梢は読み終わると「佐田さんてポエマーだったのね」とあざけるような楽しむような口調で言った。

「でも、可愛いから許しちゃう。みんなにも見せてこよっと」

とスキップをしながら、部屋を出ていった。もちろん冊子は持ったままだ。

「ちょっと、待って」と、水科は追いかけようとして、立ち上がった。足を踏み出そうとしたそのとき、冷たい視線が浴びせられているのを感じて、そのまま席に座った。

課長がコホンと咳払いするのが聞こえる。

水科は席に座り直して、パソコンを操作しているふりをしながら、佐田のことを考えた。

片付けようとした封筒から一枚の紙がこぼれ落ちた。

どうやら送り状のようだ。

ワープロで書かれた文章の下に「御笑覧ください」と詰将棋が載っていた。

佐田啓介作とあるから、自作のようだ。

初心者向けの五手詰で、水科は三秒ほどで正解がわかった。初めてにしては構図に無駄のないセンスのいい作品だった。パッと見たところ余詰もなさそうである。

佐田さんは秘かに詰将棋を作っていたんだと思うと、頬がゆるんだ。作品もふわふわとしたポエムっぽいものに感じられる。

イチ君と呼ばれていた矢場秀一のように、後世に残るような傑作を発表する天才もいれば、佐田さんのように楽しんで作っている人もいる。いつからマニアだけが喜ぶ難解作や構想作だけが詰将棋と思い込んでいたのだろう。

心の底に澱んでいた矢場の創作ノートの行方、そんなものはどうでもいいじゃないかと、清新な空気を吸い込んだような気持ちになる。

今度ヒマなときに詰将棋でも作ってみようか、水科は久しぶりに体中に力がみなぎるのを覚えた。

刊行にあたり、第17回『このミステリーがすごい！』大賞優秀賞受賞作品「殺戮図式」を改題し、加筆修正しました。

この物語はフィクションです。作中に同一の名称があった場合でも、実在する人物・団体等とは一切関係ありません。

小説内の詰将棋は断りのないもの以外、すべて著者の作です。

第17回『このミステリーがすごい！』大賞（二〇一八年八月二十九日）

本大賞は、ミステリー&エンターテインメント作家の発掘・育成をめざすインターネット・ノベルズ・コンテストです。ベストセラーである『このミステリーがすごい！』を発行する宝島社が、新しい才能を発掘すべく企画しました。

【大賞】

怪物の木こり　倉井眉介

【優秀賞】

殺戮図式　猫吉

※『盤上に死を描く』（筆名／井上ねこ）として発刊

【U-NEXT・カンテレ賞】

その男、女衒　浪華壱

※登美丘丈に改名

第17回の大賞・優秀賞は右記に決定しました。大賞賞金は一二〇〇万円、優秀賞は二〇〇万円です。

なお、今回、U-NEXT・カンテレ賞を一次通過作品よりサプライズ受賞として選出しました。

●最終候補作品

「砂塵のサアル　血の復讐」澤隆実

「ライク・ライカ」朝倉雪人

「ギフト」黒川慈雨

「殺戮図式」猫吉

「ターミナル・ポイント」越尾圭

「セリヌンティウス殺人事件」小塚原旬

「怪物の木こり」倉井眉介

〈解説〉将棋と本格ミステリーを結びつけた、美しい構図に唖然

西上心太（書評家）

作品の趣向に触れている箇所がありますので、本文を読了後にお読みください。

いまの時代ほど、プロの将棋界が盛り上がった例しはないのではないか。そのもっとも大きな要因は藤井聡太の出現だと断言できる。藤井聡太は二〇一六年に厳しい奨励会三段リーグを一期で抜け出し、史上最年少の十四歳二ヶ月で四段に昇段しプロ棋士になった。公式戦初対局の相手は当時最年長棋士の加藤一二三九段、というのもめぐり合わせの妙を感じるところだ。そして注目のデビュー戦に勝つと、それ以降なんと負け知らずの二十九連勝で、将棋界の連勝記録を更新してしまったのだ。当時の熱狂ぶりはすごかった。対局が終わるや、報道陣がさして広くない対局室に殺到し、おびただしいストロボが焚かれ、マイクが林立したのである。

連勝が止まっても快進撃は続き、これまた厳しいC級二組順位戦を全勝で昇級、竜王戦六組トーナメントも全勝で昇級、全棋士参加のトーナメントでもタイトルホルダーを破って優

勝。あれやこれやで二年足らずで七段に昇段してしまったのだ。藤井聡太の出現を境に、さまざまなネット中継がよりいっそう盛んになり、プロの対局がほぼ毎日見られるようになった。こんなことになるとは数年前には思ってもいなかった。これもみな藤井七段のおかげである。

藤井七段は対局だけでなく詰将棋の実力もすごいことがよく知られている。詰将棋の創作は対局への悪影響を慮って目下封印中と聞くが、解図のほうは読みのトレーニングにもなるので問題ない。そして藤井七段は詰将棋を正確に解くスピードがケタ違いなのだ。詰将棋解答選手権という催しが毎年開かれているのだが、藤井七段は小学校六年生の時に最難関のチャンピオン戦で初優勝して以来、四連覇を続けている。しかも直近の二〇一八年度の大会は全問正解だった。チャンピオン戦で出題されるのは十問で、どれもこれも難解な作品揃いだ。特に最終問題はロールプレイングゲームのラスボスに喩えられるほど、超難解な作品が用意されている。現に二〇一八年度の大会では正解者が三名しかいなかった。大会の結果や様子は専門誌以外でも紹介され、指将棋と比べてさらにマイナーな詰将棋の世界も、藤井聡太のおかげで一般マスコミからも注目されるようになった。

第十七回『このミステリーがすごい！』大賞優秀賞に選ばれた本書『盤上に死を描く』(応募時の筆名とタイトル・猫吉「殺戮図式」)は、詰将棋を前面に押し出したミステリーである。この時期に詰将棋をモチーフにしたミステリーが登場したのも、ひょっとしたら藤井聡太の影響があったからかもしれない。さらに作者の井上ねこが、六十五歳という『このミス』大賞史上最年長の受賞者であることも、藤井のデビュー戦の対局相手の加藤一二三九段を想起させる。加藤九段は藤井四段（当時）との対局からほどなく引退したが、その後は〝ひふみん〟としてテレビのバラエティ番組で引っ張りだこだ。その伝でいけば、井上ねこは『このミス』大賞新人賞の〝ひふみん〟として大ブレイクをとげるかもしれないのだ。ぜひ、ご本家〝ひふみん〟にあやかりたいところだろう。

さてこの作品はシリアルキラーが登場するとともに、全編に亘って詰将棋に関するさまざまな蘊蓄が詰めこまれたミステリーである。将棋がモチーフとなるミステリーは何作もあるが、こんな作品は本邦初といっていいだろう。

名古屋で七十一歳になる独居老人が殺された。ゴミ出しに出た隙に室内に忍びこんだ犯人によって絞殺されたのだ。犯人は被害者の女性の手に「歩」を握らせ、スラックスのポケットには「銀」を入れた後に犯行現場を立ち去った。この事件を皮切りに、およそ一月半の間に連続五件の殺人事件が起きる。被害者は五十五歳から七十五歳までの男女だ。愛知県警捜査一課に所属する水科優毅は、所轄署の佐田啓介と組んで、捜査に携わることになった。

どの現場にも安価なプラスチック製の将棋駒を残していく犯人の真意はどこにあるのか。ミステリーファンならばこの設定に真っ先にそそられるだろう。そして次には被害者を結びつけるミッシング・リンクはなんであるのか、という謎に頭を悩ますことになる。

ミッシング・リンク（missing link）とは「失われた環」という意味だ。生物の進化過程において、連続性が欠けた部分のことを指す、元来は古生物学の用語だ。ミステリー小説の場合は、被害者などのつながりに謎が隠されている場合に使われる。

ミッシング・リンクを使った趣向は内外に数多くの名作がある。本当に殺したい相手を被害者の中に紛れ込ませるパターンは、アガサ・クリスティーの作品などで有名であるし、意外な共通項が判明するパターンも、あるサスペンス小説の大家の作品などで使われている。

ところが、本書では警察のミッシング・リンクをめぐる見立ては次々と覆されていく。三番目の事件までは高齢女性を狙う犯罪という見立てだったが、四番目の被害者が男性だったことでそれは覆される。さらに五番目の被害者が五十歳代だったことで、高齢者が対象という見立てもそぐわなくなるのだ。

さらに被害者たちは一人を除いて独り暮らしで、金銭問題や人間関係のいざこざもなく、「色と欲」という犯罪の最大の原因となる事項から遠い存在だったのだ。

唯一の例外が二番目の被害者の高倉純江（たかくらすみえ）だった。彼女は会社を経営する資産家で、しかも怠け者の息子夫婦と同居していた。警察は当然のことながら、息子を重要な容疑者としてマークするのだが……。

警察による見立てが、次々と否定されていく趣向が面白い。ようやく物語の中盤になり、水科優毅の見識によって、犯人が描いた構図が判明するのだが、これにはびっくり。綺麗（きれい）に筋が通る解釈であり、謎解きミステリーという「世界」の中では実に美しく、しかも前代未聞の趣向なのだ。

最終選考委員の大森望(おおもりのぞみ)氏も「老女連続殺人事件の謎に挑む、しっかりした警察ミステリ——かと思いきや、意外なミッシング・リンクが明らかになった瞬間、思わず茫然(ぼうぜん)。おお、まだこんな手があったのか」と、筆者同様に驚きを隠していない。

吉野仁(よしのじん)氏の「作品の性質上、ここで肝となる部分に触れられないが、全体にオリジナリティが感じられ、ひねった展開もよく」というコメントも、ミッシング・リンクに対する独創性と、その後の展開に対する賛辞だろう。

このように、本書は多くの名作が書かれたミッシング・リンクものに果敢に挑み、独創的な「解」を読者に示し、さらにその先にこれまたミステリーの世界では有名な趣向(こちらも多数の名作が存在する)を結合させた欲張りな作品なのだ。

また謎の部分だけではなく、登場するキャラクターも個性的で印象に残る。主人公の水科優穀は三十歳になる独身の巡査部長。男っ気はなく、エンタメ作品の読書が趣味。しかも新刊を読むだけではなく、休日には古本屋めぐり——それも八軒も!——をして、貴重なミステリーの掘り出し物を漁っては、ほくそ笑む。おお、これでは筆者の周囲に数多くいる、「古本バカ」と呼ばれる人種と一緒で、いっそう親しみが湧く。

彼女のもう一つの趣味が詰将棋である。彼女の詰将棋に関する知識と経歴が、犯人の描いた構図が判明してから展開される物語の後半部分に大いに関わってくるのである。

　水科優毅とコンビを組むのが港南署の佐田啓介巡査部長だ。すでに中年という年回りなのだが、「中年女性相手のホストクラブにでもいるほうがよほど似合っている」という端正な風貌と物憂げな佇(たたず)まいで、「話しかけられた相手の胸に響くような」良い声の持ち主でもある。そして捜査のおりおりに頭に浮かんだ「詩」をメモする「ポエマー」でもあるのだ。この異色の刑事が、前代未聞の「犯人」に挑むのである。

　なお、詰将棋の世界は深遠だ。一手詰から一五二五手詰め（現在の最長記録）まで、あらゆる手筋や趣向を組み合わせて、現在も新しい作品が次々と生みだされている。この点は実にミステリーと似ており、ミステリーファンと親和性が高いはずなのだ。

　もし本書を読んで詰将棋に興味を持たれた方は、短手数の良質な問題集が多数出版されているので、ぜひ手に取っていただきたい。さらにスマートフォンの無料アプリもある。またそれに飽き足らない方は、本書に登場する詰将棋専門誌のモデルとなった『詰将棋パラダイス』（サイトもある）に挑戦するのもいいかもしれない。毎号初心者向けから難解作まで、まんべんなく出題されている。実は作者の井上ねこ氏もこの雑誌の投稿者で、「半期賞」という名誉ある賞も受賞しているのだ。また「詰将棋おもちゃ箱」など過去の名作などを紹介するサイトも多数あるので、一度訪問してみることをお薦めする。

　詰将棋と本格ミステリーは、人類が生んだ最高のパズルであり、優れた作品は高い芸術性をも内包する。この二つを結びつけた出色のデビュー作をお楽しみあれ。

二〇一九年一月

宝島社
文庫

盤上に死を描く
（ばんじょうにしをえがく）

2019年2月20日　第1刷発行

著　者　井上ねこ
発行人　蓮見清一
発行所　株式会社 宝島社
〒102-8388　東京都千代田区一番町25番地
電話:営業 03(3234)4621／編集 03(3239)0599
https://tkj.jp
印刷・製本　中央精版印刷株式会社

ISBN 978-4-8002-9238-4